Die Loki-Saga

Sabine Lippert

Die Loki-Saga

Ein satirisches Märchen

Bibliografische Information der Deutschen
Nationalbibliothek:
Die Deutsche Nationalbibliothek verzeichnet diese
Publikation in der Deutschen Nationalbibliografie;
detaillierte bibliografische Daten sind im Internet
über http://dnb.dnb.de abrufbar.

Herstellung und Verlag:
BoD – Books on Demand, Norderstedt

ISBN: 9783755730514

Als „guest stars" mit dabei:

Ove
Morten
und Poul

(bekannt aus der „Olsenbande" mit Ove Sprogoe als
Egon Olsen;
Morten Grunwald als Benny
sowie Poul Bundgaard als Kjeld)

Zu jener Zeit, da Ragnar Leuteschreck und manch weiterer berüchtigter Seekönig in heroischer Weise nach Walhall einzog, ging es auch in Asgard, dem nördlichen Göttersitz, turbulent zu: Odin, das Oberhaupt der Asen, pflegte nämlich immer mehr Zeit in der gigantischen Methalle von Walhall zu verbringen unter seinen Heroen, als daheim im Kreise seiner Lieben. Abgeguckt zu haben schien er sich das von den Mitgardbewohnern, wo die Männer ebenfalls lieber zum Stammtisch ausrückten, anstatt den Abend am familiären Herd rumzubringen als artiger Gatte und Papa.

Nun muss man wissen, dass der permanent von der welteneshce *Yggdrasil* tropfende Nektar von den Asgarder Honigwein-Spezialisten zu den unterschiedlichsten Metsorten verarbeitet wurde, deren Beste traditionell nach *Walhall* geliefert wurde, an die Tafel der Helden! Nicht einmal für Asen war es da leicht, abstinent zu bleiben. Außerdem unterhielten die Helden ihren Vorsitzenden pausenlos mit prächtigen Abenteuern, von den Skalden[i] ganz zu schweigen.

Odins holde Gattin Frigg war zwar einiges von ihrem Göttergemahl gewöhnt, wohl wissend, dass man bei Charakteren seines Schlages und in solcher Stellung die Zügel locker lassen sollte. Als Odin sich bei ihr jedoch kaum und immer seltener sehen ließ, schien sie am Ende der Geduld. Nicht dass es ihr an eigenen Zerstreuungen gemangelt hätte, an der Seite anderer Göttinnen von Asgard, die teils Ähnliches durchmachten – doch es gab eine Grenze...

Erst einmal ging sie auf Reisen, zu ihren besten Freundinnen Juno[ii] und Hera. Auf dem Olymp traf man sich, und Frigg genoss das südliche Flair – mal etwas Anderes als der eisige Polarhauch, der ständig um Asgard wehte...

„Mein Juppi muss schon ernstlich krank sein, wenn er mal nicht auf irgendwelchen Liebesexkursionen rumschwirrt!", seufzte Juno, die ein hinreißendes Goldkleid trug. Sie und Hera waren immer nach der aktuellsten Mode gekleidet.

„Mein Zeusi lässt sich dabei allerlei einfallen!", plauderte Hera. „In richtig albernen, zuweilen peinlichen Verwandlungen stellt er arglosen irdischen Jungfrauen nach! Neulich hat er in Stiergestalt so ein Küken namens Europa verführt!"

Frigg schmunzelte. „In dieser Hinsicht ist auch bei Odin der Einfallsreichtum groß..."

„Gönnen wir's den Herren doch!", schlug Juno kokett die geschminkten Brauen auf und ab. „Die brauchen so was eben zur Selbstbestätigung. Unsereins sollte drüber stehen. Solange die immer wieder zu uns zurückfinden..."

„Vielleicht solltest du es mal mit ein bisschen mehr

Make-up versuchen.", riet Hera Frigg. „Und mit Gewändern in etwas aufregenderem Schnitt. Damit bewirkt man zuweilen Wunder..."

Frigg schaute an sich herab. „Make-up kommt in Asgard nicht so an. Wir Nordlichter haben eine ganz andere Mentalität, wisst ihr. Freja hat sich mal ein bisschen aufregender gewandet und geschminkt dazu – da wurde gleich gelästert: Die sieht aus wie die Bifrostbrücke, also wie ein Regenbogen..."

„Eventuell," überlegte Juno, „könnte aber ein kleiner Seitensprung Abhilfe schaffen..."

Hera winkte ab. „Bei meinem Zeusi wirkt das nur vorübergehend. Außerdem verarbeitet er jeden Nebenbuhler zu Kleinholz, was ich Odin auch zutraue."

Frigg nickte. „Da liegt das Problem. In Asgard mangelt es nicht an Kavalieren, die mit mir mal ausgehen würden – allein der Respekt vor Odin lässt sie zurückschrecken. Passieren muss aber was, und vielleicht hat doch einer den Schneid..."

Voll frischer Entschlossenheit fuhr Frigg wieder heim ins frostige Asgard. Als sie dort anlangte, wurde sie von allen Seiten lieb empfangen – nur der Herr Gemahl glänzte natürlich wieder einmal mit Abwesenheit! Dafür half ihr Sohnemann Baldur beim Auspacken, und Thor schaute kurz rein, um sie in alle Neuigkeiten einzuweihen.

„Thor wäre Odin gewachsen – und wirklich eine knackige Partie!", spekulierte Frigg. „Aber den reizt Kraftsport ja mehr als ein Liebesabenteuer..."

Tyr, distinguierter Vorsitzender des Asengerichts, war zu rechtschaffen für derlei.

Fruchtbarkeitsexperte Frey aus der Wanensippe protzte zwar immer mit seinem überdimensionalen edelsten Körperteil – zog es ansonsten aber vor, um Odin einen Bogen zu machen. Mit seiner Schwester, Freja, lag Frigg wegen diverser Kleinigkeiten ohnehin im Dauerclinch.

Blieb also nur noch einer – und der hatte tatsächlich die Dreistigkeit, dem großen Odin hin und wieder in die Quere zu kommen, wenn auch bislang nicht in Liebesangelegenheiten: Loki, das schwarze Schaf der Asensippe, Pflegesohn Odins...

Freilich: Loki war ganz und gar nicht ihr Typ! Schlaksig und dürr wie ein Gerippe, mit Hakennase und spitzem Kinn mitsamt Ziegenbart sowie seinem zynischen Grinsemund eine wahrhafte Vogelscheuche unter den sonst so wohlgeratenen Asen! Dennoch war er verheiratet mit der bedauernswerten Sigyn, die er gern betrog, wenn auch mit abscheulichen Riesengeschöpfen aus anderen Welten.

„Ihm ist ein geradezu widerlicher Charme zu eigen! Doch Hauptsache, mein Odin brennt vor Eifersucht!", sagte sich Frigg. „Mehr will ich ja nicht. Und Loki erst recht nicht. Mit seinen magischen Schuhen weiß der Odins Zorn ohnehin zu entrinnen..."

Allerdings war Loki gerade anderweitig beschäftigt: Anstatt von seinem Observatorium aus das Treiben in Asgard zu überwachen (um dann Verleumdungen, Fake News, Klatsch und Tratsch in Umlauf zu bringen), hatte er sich in Friggs Abwesenheit etwas geradezu Unerhörtes geleistet, wie sich rausstellte: Er hatte die Bifrostbrücke verschandelt! Indem er sie mit Farben beschmierte, die er in seinem Laboratorium experimentell hergestellt hatte! Von Tyr zur Rede gestellt, wand sich Loki, er hätte der Brücke, deren Farben verblasst wären, lediglich einen neuen Anstrich verpassen wollen – einen echt schrillen Hingucker!

„Verschlimmbessern nennt man so was!", kommentierte Tyr trocken.

Loki wurde dazu verdonnert, das Kunstwerk mit Wasser zu reinigen und picobello in seinen Urzustand zu versetzen.

„Ihr könnt mich mal!", sagte sich der Frechling. „Soll der artige Baldur das doch reinigen, während ich an einem neuen Farbrezept tüftele! So kreative Köpfe wie ich laufen doch nicht mit Putzeimer und Feudel rum!"

Baldur war Lokis Milchbruder und das glatte Gegenstück zu jenem: Unbedarft, friedfertig und duldsam, mit einem Wort: Eine harmoniesüchtige Natur. Dass er Hauptzielscheibe von Lokis Gemeinheiten war, verwundert kaum.

Doch war Baldur längst nicht mehr Lokis einziges Opfer. Mittlerweile wagte sich Letzterer sogar an die Walküren sowie die von diesen betreuten Helden. Dass Odin Loki für die Walhalla seinerzeit Hausverbot erteilt hatte, war bei Loki von einem durchs andre Ohr hinausgegangen. Also spazierte Loki dort unverfroren mit dem Slogan „Viel Muskeln, wenig Grips!" herum. Der einstmals gefürchtete Seekönig Ragnar Leuteschreck hieß bei ihm „Macho-King" und das Walhalla-Bankett „Drakkar-Idioten-Convention"!

„Wir sollten uns zusammentun und dem mal ordentlich eins aufs Maul geben!", konferierte Superheld Rolf Krake mit Ragnar und dessen Clan.

„Oder lieber gar nicht erst drauf reagieren.", riet Björn Eisenseite. „Gewöhnlich hört das dann von selbst auf."

Das schnappten die drei dermaleinst berüchtigtesten Diebe Dänemarks und engsten Freunde des Leuteschreck-Clans[iii], die wieder mal vor der Walhalla herumlungerten, auf.

„Die Mucki-Onkels da drin haben einfach keine Phantasie, was Tricks angeht.", zwinkerte Benno. „Besser zeigen Hakon, Kjöld und ich diesem Großmaul Loki, wo's langgeht."

Yvona, einstige irdische Mama der Drei, verdrehte die Augen. „Nichts für ungut, meine Lieben – aber ich schätze, der spielt in einer anderen Liga!"

Hakon schob sein spitzes Kinn vor. „Da wollen wir's jetzt mal drauf anlegen..."

„Du warst schon immer ein wenig größenwahnsinnig!", spottete Ragnar-Spross Siggi Schlangenauge, der das mitangehört hatte. „Das ist Odins Ziehsohn, und seine leiblichen Erzeuger verrat ich euch lieber nicht. Fenriswolf, Midgardschlange und T-Rex – das sind seine Kreaturen! Noch Fragen?"

„Pöh!", schmollte Hakon.

„Fenriswolf, Midgardschlange, T-Rex... das tun wir uns nicht an, wo's hier so gemütlich ist.", beschied Kjöld.

„Ja ja – du musst immer gleich kneifen!", höhnten seine Brüder. „Also, wenn Ingwer Knochenlos sich traut, mit Loki Karten zu kloppen, dann könnten wir den doch auch mal zu einer Doppelkopfrunde einladen, oder?"

Kjöld verzog den Mund. „Ich mag nich mit jemand so Unberechenbarem spielen wie dieser Loki. Stellt euch vor, der rastet aus, wenn er verliert..."

„Ach, der geht doch immer zum armen Baldur, um sich bei dem abzureagieren!", lachte Siggi Schlangenauge. „Baldur sollte mal einen Kurs in Selbstverteidigung machen, zumal als Sohn von Odin!"

„Außerdem – was habt ihr mit Loki zu schaffen, wo der euch bisher in Ruhe gelassen hat?", gab Yvona zu bedenken. „Ihr solltet den lieber nicht erst auf euch aufmerksam machen..."

„Dass der uns wie Luft behandelt, stinkt mir aber!", schnaubte Hakon. „Als ob wir gar nichts wären gegen diese Heroen da drin -" Er wies zur Walhalla.

„Tja und," zuckte Benno die Achseln. „Hierarchien gibt's nun mal auch im Jenseits..."

„Yvona hat schon recht.", nickte Kjöld. „So einem geht man besser aus dem Weg."

„Mir fehlt hier aber irgendwie allmählich... eine Herausforderung.", grummelte Hakon.

Yvona verdrehte die Augen. „Hab ich mir's doch gedacht! Aber hier gibt's nichts zu klauen! Wenn ihr Hummeln im Hintern habt dahingehend - dann kehrt doch wieder nach Midgard zurück!"

Hakon, Benno und Kjöld tauschten Blicke. „Hm... vielleicht gar kein so schlechter Gedanke. Dann aber in eine viel spätere Zeit, ohne nervige Seekönige und so...."

„Doch auf alle Fälle wieder auf dem schönen Seeland!", sprach Kjöld feierlich.

„Und ich hätt auch schöne Namen für uns." Bennos Augen glänzten. „Wie wär's mit: Ove, Poul und Morten?"

„Und Yvona wird zu Yvonne!", lachte Hakon. „So wird's gemacht!"

Darauf hoben sie ein kühles Bierchen – und schwupps, waren sie entfleucht!

„Halt!", kreischte Yvona. „Lasst mich nicht allein hier!"

Und damit rannte sie den Dreien über die lange Bifrostbrücke nach. Schmunzelnd folgte ihr Siggis Blick.

„Ob ich so was nochmal mach... Jedenfalls nur zusammen mit Papa, Björn, Ingwer und dem guten Ubba, der alten Runde eben..."

Nach der Sache mit der Bifrostbrücke schien das Maß voll!

Zumal Loki ja der Aufforderung, sein Schandwerk zu beseitigen, bislang nicht nachgekommen war. Tatsächlich hatte sich Baldur bereiterklärt, Lokis grässliches Farbgemisch abzuwischen, was sich als langwierige Angelegenheit rausstellte. Wie Baldur und seine Helfer da emsig putzten, um das Denkmal in alter Schönheit erstrahlen zu lassen, kam doch Loki über die Brücke gelatscht – und erleichterte sich oben auf dem Bogen!

„Damit geht die Farbe einfacher ab!", lästerte er. „Nur ein Tipp von Meister Propper!"

Anstatt wie geplant eine neue Farbpalette in seinem Laboratorium zu entwickeln, begab sich Loki pfeifend zu einem Rendezvous – mit keiner Geringeren als Frigg, die es Odin längst heimzahlen wollte.

„Dass unser Chef für eine so reizende Gemahlin so wenig Zeit hat, ist wirklich beschämend!", umgarnte er seine Eroberung. „Wie du mich inspirierst, Frigg! Ich glaub, die nächste Bifrostbrücke entwerf ich in Magenta!"

Frigg schnappte nach Luft. Zuzutrauen war's dem...

Nun leistete sich Loki allerdings etwas, das den Bogen reichlich überspannte: Da er Frigg bald wieder satt hatte und mehr Lust, sich in seinem Laboratorium auszutoben, wonach sein brillantes Köpfchen voll sprühender Intelligenz verlangte, beschloss er, das nächste mit Frigg vereinbarte *Tête-à-tête* platzen zu lassen; stattdessen schickte er Baldur mit einem Trostpräsent zum delikaten Treffpunkt...

Dort fing sich der arglose Bote von seiner Mutter eine saftige Maulschelle ein! Asgard erbebte von dem allgemeinen Spott, der nun auf Baldur hagelte. Wieso nur solch ein Eklat zwischen Frigg und ihrem Sohn? Was war da bloß abgelaufen?

Endlich unterbrach Odin seine pausenlosen Walhalla-Partys, um Ruhe und Ordnung wiederherzustellen. Dem gerechten Tyr war es zu verdanken, dass Friggs kleiner Fehltritt mit Loki schnell verziehen war. Baldur hingegen bekam eine Standpauke.

„Wie ich zu so einem einfältigen Kerl von Sohn komme, ist mir schleierhaft!", polterte Odin. „Wieso lässt du dich ständig von Loki verladen, he?"

Baldurs Gesicht zuckte. Hätte er es selbst bloß gewusst.

„Wenn dich Loki unter irgendwelchen Vorwänden irgendwohin schickt, wieso reagiert dann nicht dein Misstrauen?", schimpfte Odin weiter.

„Na ja, er hat mir ein Präsent gegeben, das ich bei

Mama abgeben sollte.", wand sich Baldur.

„Was für ein Präsent denn?"

„Eine... Antifaltencreme.", stammelte Baldur. „Von ihm selber hergestellt für Mama..."

Jetzt brachen sowohl Odin als auch der gesetzte Tyr gleichzeitig in Tränen vor Lachen aus.

„Wirklich obergescheit! Einer Dame eine Antifaltencreme zu überreichen gleicht einem Kamikaze-Akt! Wer weiß, wie lange deine Mama jetzt mit dir schmollt!", prustete Odin.

Da Tyr der geknickte Baldur Leid tat, gebot er Einhalt. „Wenn du nicht allmählich was lernst in Sachen Raffinesse, bleibst du ewig Asgards Depp. Das willst du sicher nicht, oder?"

Baldur brach in zornige Tränen aus. „Bei nächster Gelegenheit stell ich dem ein Bein, dass er nach Utgard^iv runterfliegt!"

„Lass mich das besorgen.", grummelte Odin. „Mit diesem Psychopathen ist meine Geduld nämlich am Ende! Damit er nicht noch mehr Unfrieden stiftet, werden wir ihn eine Weile strafversetzen, nicht wahr, Tyr?"

„Damit wird auch das Asengericht einverstanden sein.", nickte jener. „Midgard bietet für derart aufmüpfige Köpfe eine gute Schulung."

„Wollen sehen, ob der dort auch den Klugscheißer rauskehren kann!", rieb sich Odin die Hände. „Wie wär's mit der Pestzeit?"

„Ich fürchte, Pest kann seiner Natur nichts anhaben.", wandte Tyr ein. „Der hat mit so vielen Essenzen rumexperimentiert, dass er gegen ziemlich jede Seuche immun sein dürfte..."

„Verbannt ihn doch in diese Stadt, die von einem Vulkanausbruch gänzlich verschüttet wurde!", schlug Baldur mit Eifer vor. „Nach Pompeji, just zur Schicksalsstunde..."

Odin schüttelte den Kopf. „Der bringt es fertig und richtet sich unter meterhoher Lava eine Höhle mit Observatorium und Laboratorium ein. Dann haben wir den nicht mehr im Blick..."

„Loki soll ja in Midgard etwas lernen, das ihn zu einem rücksichtsvollen, mitfühlenden Charakter umbildet.", gab Tyr zu bedenken.

„Ist da nicht alle Hoffnung vergebens, bei solch einem empathielosen Monster?", klagte Baldur.

„Geben wir dem missratenen Kerl, der immerhin mein Ziehsohn ist, noch eine Chance!", entschied Odin.

Tyr erhielt den Auftrag, Loki unverzüglich vor den Götterrat zu laden, der ohne Umschweife den Bann über ihn verhängte.

„Ist das Urteil nicht ein bisschen übertrieben?", wagte Loki noch zu mosern.

„Eher zu mild für einen Schwerenöter wie dich.", lächelte Tyr. „Nun wirst du dich in Midgard bewähren müssen, unter den Midgardbewohnern, die du von deinem Ausguck so gern verspottet hast."

Loki zuckte die Achseln. „Für einen kleinen Tapetenwechsel bin ich immer zu haben, hohes Gericht..."

Vor der Abreise nach Midgard schnappte er sich nämlich seine Zauberschuhe – magentafarbene Flip Flops. Mit denen konnte man sich im Falle von Unannehmlichkeiten ruckzuck unsichtbar machen.

Mit einem Anliegen wagte er gar noch vor das Asengericht zu treten.

„Ich möchte den Großen Zapfenstreich bei meinem Abgang..."

Die Köpfe des Hohen Gerichts liefen rot an. „Einen Großen Zapfenstreich gibt es nur für ehrenvolle Abgänge.", belehrte ihn Tyr.

Wütend stampfte Loki auf. Es half nichts.

„Ihr werdet euch noch in Sehnsucht nach mir verzehren!", mahnte er mit bittersüßem Grinsen.

Ganz Asgard atmete auf. Kaum jemand würde Lokis

beständige gemeinen Streiche und perfiden Intrigen vermissen. Am wenigsten der sanfte Baldur.

„Loki rausgeschmissen!", landete die Kunde alsbald auch in Walhalla.

„Da wird's ja richtig langweilig hier!", kommentierte Ragnar Leuteschreck. „Dafür können einem die Midgardbewohner umso mehr leid tun, wenn der sein Unwesen nach dort verlagert."

Odin aber hielt sich an seinen guten Vorsatz, seine Ehe aufzufrischen. „Erst einmal Schluss mit diesen Walhalla-Sausen!", gelobte er seiner Frigg. „Loki müssen wir freilich immer im Auge behalten. Und wir dürfen nicht den Moment verpassen, wo er merkt, dass wir seine magischen Schuhe vertauscht haben. Sonst wäre der im Nu wieder hier, mein Schatz..."

„Wie habt ihr das angestellt, mein Göttergatte?", staunte Frigg.

„Tyrs Plan. Er ließ heimlich ein identisches Paar dieser Magenta-Dinger fertigen. Und ohne die ist der große Loki ein Nichts, ein Dreck! Der wird sich richtig anstrengen müssen..."

Frigg kuschelte sich an ihren Gemahl. „Immerhin hat er ja noch seine gewaltige Intelligenz, um die wir alle ihn immer beneidet haben..."

„Na warte, Midgard – deine ruhigen Tage sind gezählt!" rieb sich Loki die Hände, als er seine Verbannung antrat. Dabei waren Midgards Tage nie ruhig gewesen...

Erst einmal landete Loki in einer eintönigen Landschaft, die ihn schnell anödete. Und Langeweile war für ihn Gift! Offenbar war es der heimtückische Plan des Asenclans, ihn durch Langeweile zu zermürben, wenn nicht aus dem Weg zu räumen. Wie gut, dass er seine magischen Schuhe hatte, mit denen er sich missliebigen Umständen jederzeit entziehen konnte...

Musste er aber gar nicht, da sich hinten am Horizont endlich was tat: Augenblicklich verharrend lauerte der Verbannte auf die Dinge, die da nahten. Ein langer Reiterzug nahte. Eilig schienen es die nicht zu haben. Und sie waren allesamt in eine Einheitsfarbe gehüllt – nämlich schwarz! Sogar die Feldzeichen waren schwarz.

„Na so was – eine Kompanie Trauerklöße!", feixte Loki. „Ich wette, die sind erst kürzlich mit Pauken und Trompeten besiegt worden! Womöglich Napoleon nach Waterloo..."

Gleich darauf befand sich der düstere Zug auf seiner Höhe. „Cheers Kumpels!", winkte Loki rüber. „He, wer hat euch denn das Fell vollgehauen? Die Briten? Die Teutonen? Oder gar die coolen Hunnen?"

Keiner antwortete oder beachtete ihn gar! Da halfen

nicht mal freche Grimassen, von denen Loki ein beachtliches Repertoire beherrschte. Die Fäuste in die Hüften gestemmt starrte der Schwerenöter der stummen Prozession nach.

„Hey, bin ich etwa unsichtbar in diesen Breiten? Das macht aber gar keinen Spaß macht das..."

Doch – da war jemand, der ihn wahrnahm: Ein junger Mann, der hinter einem Gestrüpp zum Vorschein kam, am ganzen Leib zitternd.

„Tritt schon näher · ich bin viel sympathischer als meine Erscheinung!", grinste Loki salopp. „Sag mir: Was war denn das für ein Grusel-Club?"

„Die Armee der Untoten!", hauchte der Jüngling. „Du hättest sie nicht ansprechen dürfen! Das bringt Unglück!"

Loki hob die Brauen. „Ach was! Wenn hier irgendwer irgendwem Unglück bringt, bin das eher ich, hehehe! Ich dachte, in Midgard ist man entweder tot oder lebendig. Ist untot etwas dazwischen?"

„Verdammte Seelen sterben nie, sondern bleiben untot!", stammelte der noch immer bebende Jüngling. „Verdammt dazu, ewig im Geisterheer umherzuziehen, um ihre Sünden abzubüßen..."

Loki legte den Kopf schief. „Die haben sich zu Lebzeiten also etwas daneben benommen. Lass mich raten:

17

Ehebruch, Diebstahl..."

„...Hochmut, Hinterlist, Habgier und dergleichen Schlimmes.", nickte der junge Mann.

„Ich verstehe. Wegen ähnlicher Verfehlungen bin auch ich aus meinem Clan rausgeflogen. Deshalb werd ich mich diesem verdrießlichen Heer Zombies da hinten noch lange nicht anschließen. Ich will ja ordentlich was lernen hier in Midgard. Zu diesem Zweck halte ich Ausschau nach einer belebten Örtlichkeit. Weißt du vielleicht eine in der Nähe?", zwinkerte Loki.

Argwöhnisch blinzelte sein Gegenüber. „Du meinst sicher eine Stadt. In Städten aber wohnt erst recht das Laster, da sei gewarnt!"

Loki zog seinen Schlapphut. „Ich werde sämtlichen Eventualitäten trotzen, mein Freund!"

„Wenn du hier weiterwanderst, wirst du zu einer Ansiedlung mit einer Herberge kommen. Die Herberge ist ein rot gestrichenes Haus.", erklärte der Jüngling hilfsbereit. „Es kann aber sein..."

„Was kann sein?"

„Dein Schuhwerk ist sehr auffällig.", sprach der junge Mann nach kurzem Zögern. „Hier ist eine ländliche Region, da fällt alles Komische umso mehr auf. Was ist das überhaupt für eine Farbe?"

„Magenta – von mir selbst entwickelt!"

Sein Gegenüber bekam große Augen. „Magenta klingt wie... Magie! Sag nur, du bist ein Alchimist!"

„Ein echtes Multitalent steht vor dir!", prahlte Loki. „Wenn ich dir all meine Befähigungen aufzählen würde, stünden wir noch Wochen, wenn nicht sogar Jahrhunderte hier!"

Mit seinem Schlapphut grüßend zog Loki weiter. Mit gemischten Gefühlen schaute der junge Mann ihm nach. „Irgendein Instinkt sagt mir, dass der Schwierigkeiten anzieht wie ein Magnet..."

Es verging wahrhaftig nicht viel Zeit, da gelangte der einsame Wanderer zu einer Ansiedlung, hübsch eingebettet in ländliche Idylle.

„Das ist so bukolisch, dass es schon kitschig ist!", lästerte er bei sich. „Frische Landluft, und die Kuh macht Muh und die Ziege Mäh... Herberge, wo bist du?"

Da lachte ihn schon ein dezent dunkelrot verputztes größeres Gebäude an, mit einem ansehnlichen Biergarten. Loki steuerte drauf zu, um einzuchecken und zu schauen, was es so zu erleben (und aufzuschnappen) gab.

Als er sich an der Rezeption aufbaute, wurde er ganz schön schief angeguckt. Durchaus verständlich, da man so etwas Einzigartiges wie seinesgleichen hier sicher nicht oft traf!

Wirt und Wirtin wichen voller Abscheu zurück. „Sofern Sie bei uns ein Zimmer suchen – legen Sie erst diese abscheulichen Schuhe ab!"

Loki beugte sich vor. „Wie bitte? Meine Schuhe ablegen? Abscheuliche Farbe?"

„Diese Farbe passt nicht zum Anstrich unserer Herberge!", erläuterte der Wirt.

Daraufhin stiefelte Loki wieder ins Freie, streifte einen seiner Flip Flops ab und hielt ihn an die Hauswand. „Hm... in der Tat... das beißt sich ganz schön." Dann

20

trat er wieder ein.

„Draußen beißen sich mein Magenta und Ihr Rot – aber hier drinnen, finde ich, beißt sich nichts!"

Wirt und Wirtin verkniffen ihre Augen. „Diese Farbe macht uns aber Kopfschmerzen!"

Loki verdrehte die Augen. „Das ist wohl kaum mein hübsches Magenta, als vielmehr die viele Arbeit, die ihr euch aufhalst mit eurem Betrieb! Was ist nun mit nem Schlafplätzchen? Ich hab nur dieses eine Paar Schuhe mit!"

Misstrauisch tuschelten Wirt und Wirtin eine Weile. „Wieso hat der gar kein Gepäck dabei, diese verdächtige Gestalt?"

Da zog sich Loki wiederum einen Flip Flop vom Fuß und knallte ihn auf den Schanktisch. „He, was wird da rumgeschludert?! Ich will jetzt ne Antwort, sonst haue ich euch meine Magenta-Schlappen gegen das Hirn!"

Eingeschüchtert drucksten beide rum. „Kleinen Augenblick," lächelte der Wirt schließlich diplomatisch, während er seine Frau in den Biergarten schickte, „Ich werde mal schauen, ob noch was frei ist..."

Das kam Loki zwar spanisch vor, dennoch lümmelte er sich wartend auf den Schanktisch, während alles voller Abscheu auf seine Schuhe starrte.

Nur wenige Atemzüge später stürmten von allen

21

Seiten kräftige Burschen mit Knüppeln herein. „Schmeißt dieses Subjekt raus!", kommandierte der Wirt aus sicherer Entfernung.

„Kein origineller Trick!", zuckte Loki die Achseln, schlug einen eleganten Salto über die Angreifer hinweg und war schon zur Tür hinaus. Er brauchte noch nicht mal die Zauberkraft seiner Schuhe zu aktivieren, um sich abzusetzen vor dem Mob.

Die erste Lektion war gelernt: Bei der Farbe Magenta gerieten Midgard-Bewohner in gereizte Stimmung! Kein Wunder eigentlich, waren die hier in Midgard doch eine langweilige Spezies...

Wenig später las er auf einem Schild den Namen Budapest. „Klingt eklig – also nichts wie hin!"

Die „Pestbude" entpuppte sich als große prächtige Stadt am breiten Donaustrom. An ihrem Ufer fläzte sich Loki erstmal hin, um den regen Boots- und Schiffsverkehr zu beobachten.

'Ganz was anderes als diese schäbigen Drakkare, auf die sich Walhallas Helden so viel einbilden!', dachte er. 'Viel größer, viel geräumiger. Essen und trinken kann man da drauf, sich unterstellen bei Wind und Regen. Sogar Musik machen. Vielleicht tolerieren ja die einen Passagier mit Magenta Flip Flops...'

Gerade legte in seiner Nähe ein größeres Schiff an, auf

dem er doch tatsächlich den Namen seiner holden Gattin Sigyn las! In diesem Augenblick fiel ihm siedendheiß ein, dass er glatt vergessen hatte, sich vor Antritt seines Exils von seiner besseren Hälfte herzlich zu verabschieden.

'Sieht mir wieder ähnlich!', ärgerte er sich. 'Zur Wiedergutmachung werde ich unverzüglich das Schiff Sigyn besteigen, mir das Steuerrad greifen und ein bisschen die Donau entlang schippern, so lange ich Lust verspür...'

Gesagt, getan. Loki hüpfte auf die Sigyn, drängte sich an den vielen Passagieren vorbei und fahndete nach dem Steuer. Als der Kapitän und seine Schergen ihm den Zutritt wehrten, gab es ein Getümmel, in dem die Sigyn ein anderes Schiff rammte, mit fatalen Folgen: Es sank![V]

„Festhalten, das Gerippe mit den Pink Slippern!", wurde geschrien. Wieder einmal kam Loki dank seiner Gelenkigkeit knapp davon und tauchte erst mal in Budapests quirliger Innenstadt unter.

Bis ihn abermals der Schrecken packte: An einigen Hauswänden entdeckte er nämlich Abbildungen, die ihn auf seiner Flucht vom Schiff Sigyn zeigten! Darunter stand: Gesucht: Gefährlicher Terrorist. Alter: Etwa 30 Jahre. Größe: ca. 2.10 Besondere Kennzeichen: Extrem mager. Bekleidet mit Pink Slippern.

„Das ist nicht Pink, das ist Magenta!", ereiferte sich Loki. „Ein kleiner, aber feiner Unterschied! An dem mich allerdings jedermann hier in Budapest jetzt leicht erkennt! Ich werde also die Zauberkraft meiner krassen Treter nutzen müssen, um mich ans andere Ende von Midgard abzusetzen…"

Doch welch böse Überraschung! Die Magie setzte aus – und er stand immer noch blöd am selben Fleck! Um ihn herum laute Signalhörner, die nichts Gutes verhießen!

„Alles klar!", schnaubte Loki. „Da waren die ja in Asgard mal richtig helle, dass die meine Wunderschuhe konfisziert respektive gegen ein billiges Imitat eingetauscht haben! So'n bisschen hat meine Raffinesse die schon angesteckt…"

Kurzerhand schmiss er die Imitate in die Donau. Dann suchte er erstmal unter einer alten Brücke Zuflucht, um die Nacht abzuwarten. Er musste seine Strategie abändern. Statt Magie künftig voller Einsatz seiner Intelligenz.

Der Augenblick, auf den alle in Asgard gelauert hatten, war also schon gekommen.

„Schaut euch das an!", amüsierte sich Odin im Kreise seiner Lieben, „Da ist unser *enfant terrible* kaum in Midgard angelangt und eckt bereits überall an! Wohin das noch führt, da darf man gespannt sein!"

„Aber richtig auf die Fresse geflogen ist der noch nicht!", ärgerte sich Baldur. „Wenn das so weit ist, geb ich ein Fest, versprochen!"

„Das wird dann in Asgard ein Feiertag!", lachte Thor.

Nur Sigyn, Lokis Gemahlin, schien ein wenig nachdenklich. „Es war schon rührend, wie er an mich gedacht hat, als er meinen Namen auf dem Schiff sah. So ab und zu hat er auch seine netten Seiten..."

„Mit Betonung auf Ab und Zu.", seufzte Frigg. „Jedenfalls benimmt er sich auch in Midgard wie die Axt im Walde."

„Wisst ihr was?", grinste Frey. „Wir tun hier eigentlich gar nix andres mehr, als nur auf Midgard runterglotzen, was Loki so treibt. Ich weiß nicht, ob das gut ist, dem eine derartige Aufmerksamkeit zu widmen, Leute..."

Odin nickte. „Ja, um meine Helden von Walhalla müsst ich mich auch mal wieder kümmern."

Frigg zog einen Flunsch. „Die wollen doch auch nur eines wissen: Welchen Mist Loki in seinem Exil wieder gebaut hat..."

Unter der Budapester Brücke zog der unbeschuhte Loki indessen kühl Bilanz aus den bisher gemachten Erfahrungen. Blieb zu hoffen, dass sich ohne Magenta die Konflikte minimierten. Offenbar wirkte Magenta auf die Midgardbewohner wie Rot auf den Stier. Doch, verdammt, es war nun mal seine Lieblingsfarbe, sein absolutes Markenzeichen, ohne dass er sich nicht wirklich wie Loki fühlte...

Sich zu einem Kompromiss durchringend kaufte er, nachdem er zwischen sich und Budapest genug Abstand gebracht hatte, in einer anderen Stadt ein Paar pinkfarbene Flip Flops. Seine Laune stieg wieder, und so besichtigte er die Stadt, die an einer Meeresküste lag, einen quirligen Hafen und von Zweibeinern wimmelnde Strandpromenaden sowie Strände besaß.

„Ab sofort gilt: Mit den Augen stehlen, um nicht immer gleich dumm aufzufallen!", beschloss er. Somit begann er aufmerksam zu beobachten, was Frauen, Männer und Kinder, Alt und Jung so trieben, womit sie die Zeit so zubrachten, wie sie kommunizierten, was sie futterten, was sie mochten und nicht ausstehen konnten. Loki hatte auch rasch begriffen, dass ohne klingende Münzen in Midgard gar nichts lief. An solche Münzen kam man auf mancherlei Art: Etwa indem man sie sich geschickt aus Kleider- und Handtaschen entwendete. So schlug sich auch manch Midgardbewohner durch, wurde aber, wenn er nicht geschickt genug dabei war, dingfest gemacht.

Loki besaß natürlich unschlagbares Geschick und betrieb sein Handwerk eine Zeitlang mit buchstäblich diebischer Freude. Dennoch stellte er es irgendwann ein und ließ sich dazu herab, eine stumpfsinnige Arbeit anzunehmen.

'Die werden sich sicher nicht einkriegen können vor Spott da oben in Asgard, von wegen Loki der Thraell[vi] – doch mir geht's darum, möglichst vielfältige Erfahrungen zu sammeln.', sagte sich Loki. 'Im Klauen hab ich ja bereits genug Erfahrung...'

So reinigte er die Strände von Abfall und Müll, wobei er manch Nützliches fand, was die Leute einfach weggeworfen hatten – zum Beispiel eine halbe Pizza, die noch ganz gut schmeckte oder eine halbe Flasche Champagner. Ganz schön verschwenderisches Völkchen.

Als er aus einem Abfallkübel gar einen pinkfarbenen Bademantel fischte, war das eine Sternstunde! Dass es sich um ein Damenmodell handelte, das ihm etwas zu kurz war, störte überhaupt nicht.

Seine Wonne war unbeschreiblich, da er kurz darauf noch einen pinkfarbenen Strandhut aufstöberte, den sein Besitzer wohl vergessen hatte, und der beinahe ins Meer geweht wäre, wenn Loki ihn nicht gerettet hätte!

Er hatte gesehen, dass viele Mitgardbewohner Gläser vor den Augen trugen, was äußerst abgefahren aussah und sicher auch ihm stand. Und falls jemand aus Budapest hier rumlief, würde man ihn mit so etwas im Gesicht kaum erkennen. Also durchstöberte er die Strandboutiquen, bis er etwas entdeckte, was seine kühnsten Erwartungen überstieg: Eine Sonnenbrille mit dickem Pinkrand...

„Wenn es das nicht gäbe, hätte ich es entworfen!", juchzte er. „So schön gewandet gelüstet es mich nach einem netten Ausflug..."

Für seinen Plan bot sich einer der Ausflugsdampfer an. Diese Dinger waren allerdings sämtlich gerammelt voll, sogar schon am frühen Morgen!

'Wenn nicht so viele dieser Midgardbewohner Walrossformat hätten, wäre hier viel mehr Platz!', dachte Loki verdrießlich. Selbst die Kinder waren bereits fett! Und wie die erst nervten!

Da quengelte ganz in seiner Nähe ein Knabe, der gerade eine Eisbombe verdrückt hatte, pausenlos: „Mamaa – kauf mir noch ein Eis!" Von der ermüdeten Mama wurde er endlich bedient.

„Papaa! Ich muss aufs Klo!", quakte ein anderes Gör.

„Omaa – die Sonne brennt so! Ich will aussteigen!"

Wo auch immer Loki hinhorchte – überall Kindergezeter!

„Iiiihh – hier stinkt's!" kreischte eine Kinderstimme. „Die Möwe hat auf meine Mütze gekackt!"

„Da hat sie gut gezielt!", grinste Loki schadenfroh. Er sollte es bereuen.

Jetzt erst begann man nämlich auf ihn aufmerksam zu werden...

„Opaa – was ist das für ein komischer Onkel?", wagte ein Balg mit dem nackten Finger auf ihn zu zeigen.

„Das ist der rosarote Panther!", grinste Opa.

Das ganze Schiffsdeck schüttete sich aus vor Spott. Loki rang sich ein Schmunzeln ab. Sonst war ja immer es es, der sich auf Kosten anderer amüsierte. Eine neue Erfahrung...

Doch es kam noch heftiger.

„Omaa – kaufst du mir so pinke Schuhe?"

„So was Geschmackloses willst du anziehen? Du hast doch so schöne blaue..."

„Ich will aber pink!!!"

Da Oma sich nicht erweichen ließ, bekam das Kind einen Schreikrampf. Von diesem in Irritation versetzt, stimmten sämtliche Kleinkinder auf dem Deck ein.

„Das ist ja nicht auszuhalten!", beschwerte sich ein älterer Herr. „Sie da -" er wies doch wahrhaftig zu Loki, „Sie machen ja die Kleinen ganz närrisch mit

Ihrem albernen Aufzug!"

Entrüstet runzelte Loki die Brauen. „Ist doch nicht meine Schuld, wenn die mich anstarren! Dieses unerzogene Gewürm gehört über Bord geschmissen!"

„Das ist ja... unerhört!", stieß eine Blondine hervor, die hinter Loki an die Reling gekrallt stand. „Sie Soziopath!"

Loki wandte sich um. „Was bitte?"

„Ignoranter Soziopath!"

„Wer so rumläuft, kann ja nicht ganz dicht sein!", wurde gemurmelt.

'Es wäre eine Kleinigkeit für mich, jetzt das Deck leer zu räumen.', dachte Loki, während er sich mühsam beherrschte. 'Aber wir sind ja auf einem Lerntrip. Und ohne meine Zauberschuhe ist es lästig, ständig die Flucht zu ergreifen...'

Da war die Dampferfahrt auch schon zu Ende. „Kinderfeind!", geiferte ihm beim Aussteigen noch einer nach.

„Pah – hab ja selber Kinder!", murmelte Loki. „Und die sind schon ein bisschen besser erzogen, von Sigyn und meiner Wenigkeit..."

Zum Glück wurde er abgelenkt. Gleich am Landesteg fiel ihm nämlich ein Schlachtschiff von Dame auf, die ihn an die Riesin Angerboda erinnerte. Obwohl nur ein One-Night-Stand, war jene ihm unvergesslich geblieben.

„Holde Riesendame!", steuerte er auf sie zu. „Gestatten: Rosaroter Panther. Gehen wir ein wenig bummeln?"

Der Angesprochenen blieb der Mund offen stehen. Auf einmal baute sich neben ihr ein Muskelprotz der Marke Vestfold-Wolf auf!

„Ey Tussi – zieh ein Haus weiter! Falsche Adresse!"

Loki lupfte den Hut. „Oh – ich dachte, das wär ne alte Freundin..."

„Die Masche kennen wir!" Der Kontrahent schob Loki in Richtung Kaimauer. Doch nicht Letzterer landete im Wasser, sondern der Muskelmann.

Was tat das Schlachtschiff? Es lief zur Seite des Siegers über.

'Endlich mal ein Erfolgserlebnis!', triumphierte Loki. 'Tja, in Midgard ist es nicht anders als in Asgard: Frauen stehen auf den, der zuletzt lacht!' Dann entführte er seine Eroberung in eines der netten Strandlokale.

„Hey, du bist echt ne schräge Type!", zeigte sich seine Begleiterin beeindruckt. „Irgendwie erinnerst du mich an Belmondo..."

„Belmondo... klingt gut.", schmunzelte Loki. „Ich hoffe, das ist kein Soziopath..."

Anderntags schleppte seine Eroberung namens Rosina ihn zu einem sehr speziellen Ort: Nämlich einem FKK-Strand. Dort brutzelten Männlein und Weiblein ausnahmslos unbekleidet in der Sonne und badeten auch so.

Zunächst befiel Loki doch tatsächlich ein Anflug von Scham. Ein bisher ungekanntes Gefühl.

„Sag bloß, du bist verklemmt!", kicherte Rosina. „Hätt ich gerade von dir am wenigsten erwartet..."

Loki druckste. „Es geht bloß darum... ich hab keine Strandfigur. Ich gehör zu denen, die angezogen besser als ausgezogen aussehen."

„Na, ich doch erst recht!", quietschte Rosina vergnügt.

„Kann ich wenigstens meinen Hut aufbehalten?", bettelte Loki.

„Also, du bist echt ein komischer Vogel!", schüttelte sie den Kopf.

Ansonsten verbrachten sie einige ungezwungene Stunden. Zum Glück tummelten sich in ihrer Nähe nicht allzu viele Kinder, die diese ungetrübte Atmosphäre mit ihrem Geplärre bloß gestört hätten.

Als sie gegen Abend aufbrachen und der FKK-Strand sich leerte, glaubte Loki, seinen Augen nicht trauen zu dürfen. Vor ihnen lagerte ja – unmöglich!

Er nahm seine Herzchenbrille ab, setzte sie wieder auf. Nein, da entspannte sich tatsächlich ein guter alter Bekannter im Yoga-Sitz: Fruchtbarkeitsguru Frey! Mit zwei, drei Sprüngen war Loki bei ihm.

„Haben die etwa auch dich aus Asgard rausgeworfen?"

Frey räkelte sich im Sand, schamlos wie üblich. „Ich bin von selber mal wieder ausgerückt. Seit du weg bist, ist es da oben so eintönig. Odin und Frigg heucheln ein total harmonisches Eheleben!"

„Ha!", triumphierte Loki. „Selber schuld! Das ist nun die Strafe dafür, dass ihr geniale Köpfe aus eurer Mitte jagt!"

„Auch sonst ist so ein FKK-Strand eine herrliche Abwechslung und gerade für einen Fruchtbarkeitsgott äußerst inspirativ!", führte Frey aus.

„Zweifellos – nur was wird deine Gerda davon halten?", zwinkerte Loki.

Frey grinste behaglich. „Na, das Übliche. Sie wird ein bisschen mit Njörd flirten. Mittlerweile kenn ich sämtliche FKK-Strände von Midgard. Der hier ist bei weitem der Schönste..."

Loki hatte sich neben ihn gehockt. „Kannst du mir einen Gefallen tun und Sigyn grüßen? Sag ihr, es tut mir leid... das mit dem verpassten Abschied."

„Wie... wer ist denn Sigyn?", unterbrach Rosina

alarmiert.

„Meine Angetraute.", gestand Loki kleinlaut.

„Ach so einer bist du!", schmollte Rosina und kehrte ihm die kalte Schulter.

„Siehst du," lächelte Frey, „exakt so reagiert auch Sigyn auf dein Treiben hier."

„Die sollte an derlei eigentlich gewöhnt sein. Das Kennenlernen von Weibsbildern hierzulande dient lediglich Lernzwecken!", redete sich Loki raus. „Hast du sonst noch Botschaften für mich? Zum Beispiel, wie lange das mit meiner Verbannung noch gehen soll…"

„Gewiss noch eine Weile.", mutmaßte Frey. „Man will sich da oben ja erholen von dir. Übrigens muss auch ich allmählich. Schlag dich weiter wacker, mein Lieber…"

Manch beeindruckter Blick folgte Frey, als er durch den Sand davon schritt. Er hatte ja auch eine wahrhaft vollkommene Strandfigur…

„Es wird nun Zeit," beschloss Loki, „dass ich, auf meinen bisherigen Erfahrungen aufbauend, mich allmählich mal weiter nach oben bewege. Denn schließlich sollen die ja in Asgard erleben, dass ich hier in Midgard auch ganz ohne billige Zaubertricks und allein mittels Cleverness Grandioses zuwege bringe."

Somit sagte Loki sämtlichen Strandvergnügungen Adieu und setzte seine Reise fort, auf der Suche nach einem Platz, wo man sich besser auf das Wesentliche konzentrieren konnte.

Alsbald kam er an einem skurrilen Städtchen mit skurrilen Einwohnern vorbei. Der Ort hieß Schilda. Für eine Nacht nahm Loki dort Quartier. Bei all den Marotten, die den Leuten dort anhafteten, störte sich wenigstens keiner an seinen Pink Flip Flops...

Er merkte allerdings rasch, dass die Bürger ausgemachte Narren waren. So verwandten sie beispielsweise unendliche Mühen darauf, das Sonnenlicht in Eimern einzufangen, um damit ihre Stadthalle zu erleuchten, weil sie vergessen hatten, dort Fenster einzubauen.

„Wieso macht ihr nicht einfach Feuer da drin?", riet Loki.

Wie hätte er ahnen sollen, dass die Bürger von Schilda seinen Rat wörtlich nahmen – und kurzerhand ihre Stadthalle abfackelten! Natürlich schob man dafür ihm die Verantwortung zu – und Loki konnte sich vor der Wut der Einwohnerschaft nur knapp auf einen Baum retten.

„Ich meinte doch: Einen Feuerplatz anlegen in eurer blöden Halle!", brüllte er runter. „Nicht Feuer l e g e n!"

„Warum hast du's dann nicht so ausgedrückt?", wurde gegrollt. „Aber gut, wir wollen dir das noch mal nachsehen..."

Loki hangelte vom Baum. 'Die sind dümmer, als die Phantasie erlaubt!', amüsierte er sich. 'Da muss ich mir einfach die Zeit nehmen, denen noch einen richtigen Streich zu spielen!'

Wie er so darüber nachgrübelte, gab es einen Regenschauer – und danach prangte ein hübscher Regenbogen am Himmel. Leider war das Naturschauspiel nur von kurzer Dauer. Als es verblasste, fingen die Kinder des Bürgermeisters erbärmlich an zu jammern.

„Es gibt ja bestimmt bald wieder so einen schönen Regenbogen!", suchte die Mutter sie zu trösten.

'Hähä, wir in Asgard können uns ständig an unserer Bifrostbrücke erfreuen!', frohlockte Loki. 'Götter sind eben Götter!'

Zack, hatte er eine Eingebung. „Diesem Trauerspiel kann man übrigens abhelfen, Freunde. Habt ihr euch schon mal etwas ganz Simples überlegt? Den Regenbogen, bevor er verblasst, schnell mit Farbe nachmalen. Dann bleibt er euch erhalten."

Man starrte ihn an wie eine Wundererscheinung.

„Und das geht echt?", staunte der Wirt.

„Wenn ich's sage! Man halte, sobald ein Regenschauer naht, Pinsel und reichlich Farbe bereit! Sowie der Regen abzieht und der Regenbogen sich gebildet hat, heißt es: Rausgehen und lospinseln!"

„Das glaub ich erst, wenn ich es sehe!", quakte die Schneiderin.

„Ich bleibe so lange bis zum nächsten Regenbogen!", versprach Loki. „Dann steigt die Sache, Leute! Erstmal müssen Farben her – Gelb, Orange, Rot, Grün, Blau, Violett..."

Somit starteten die Einwohner von Schilda einen Großeinkauf von Farben. Allerdings wäre Loki fast aufgeflogen, als der Pfarrer vorschlug, am Himmel mal Probemalen zu veranstalten.

„Fragt mich nicht, warum – aber das geht nur, wenn dort ein Regenbogen ist.", flunkerte er. „Die Naturgesetze sind unergründlich."

„Genauso unergründlich wie Gottes Wege.", nickte der Pfarrer.

„Und wenn wir den Bogen nachgemalt haben, dann ist da eine Brücke, auf der könnt ihr spazieren gehen!", verhieß Loki. „Aber bloß nicht runterfallen!"

Endlich zog mal wieder ein Schauer übers Land, dem ein absolut spektakulärer Regenbogen folgte. Alles stand auf dem Marktplatz von Schilda unter Lokis Kommando in den Startlöchern.

„Erst losmalen, wenn der Bogen zu verblassen beginnt!"

Das Spektrum hielt sich diesmal lange. Ungewöhnlich lange. Auf einmal riss dem Bürgermeister die Geduld, und er begann wie enthemmt loszupinseln. Ganz Schilda pinselte wie wild. Und wie sie sich allesamt dabei einsauten! Als sie ihre Einfalt merkten, war Loki längst über alle Berge...

„Ich hatte da so eine Ahnung.", sprach der Pfarrer gefasst.

„Vielleicht ist es auch nicht die richtige Farbe.", wurde gemutmaßt.

„Also, dieser Fremdling war mir, ehrlich gesagt, von Anfang an nicht geheuer!", erklärte die Wirtin. „Jetzt sieht unser Marktplatz aus wie Sau. Weil ihr jeden Mist glaubt!"

„Wisst ihr was? Wo wir gerade dabei sind: Wieso verzieren wir nicht einfach unser neu aufgebautes Rathaus mit einem Regenbogen?", schlug der

Bürgermeister vor.

„Klasse Idee!", wurde gelobt. „Das wird dann das originellste Rathaus weit und breit! Besser, als sich lange zu ärgern, weil uns einer verladen wollte."

„Dann haben wir doch einen Regenbogen, der uns erhalten bleibt! Ätsch!"

„Nun aber keine Ablenkungsmanöver mehr – egal, welcher Einfaltspinsel oder was sonst mir über den Weg läuft!", gelobte Loki. Mit ziemlich konkreten Vorstellungen hinsichtlich seines weiteren Aufenthalts wanderte er weiter. Eine Uni-Stadt dünkte ihm geeignet für seine weiteren Pläne.

Die Örtlichkeiten, wo er erstmal die meiste Zeit verbrachte, waren nunmehr Bibliotheken. Tagein, tagaus wälzte er dicke Bücher und guckte nebenbei in die Vorlesungen der unterschiedlichsten Fakultäten rein. Seine Wissbegierde sprengte alle Grenzen. Wie es ihn gelüstete, auf der universitären Karriereleiter hinauf zu hüpfen – aber er begriff: Ohne Protektion lief da nichts.

„Dabei hab ich so exzellente Referenzen – mit einem Odin als Papa!", bedauerte er. „Dummerweise lieg ich mit meinem alten Herrn jedoch derzeit im Clinch. Damit kann ich also bei den Midgardbewohnern nicht landen."

Noch ein weiteres essentielles Problem tat sich auf: Welche Fächer sollte er hauptsächlich belegen? Es gab einfach zu viel, das ihn brennend interessierte: Medizin, Naturwissenschaften, Maschinenbau, Journalistik, Botanik und, und, und...

„Überleg dir einfach mal in Ruhe, auf welchem Gebiet du am besten bist.", riet man ihm in der Studienberatung. „Schreib dir auf, wo du vielleicht nur mittelgut drin bist und trenn das von dem, wo du exzellent drin bist. Sei dabei ehrlich mit dir selbst."

„Vielleicht nicht schlecht.", befand Loki, setzte sich in eine Ecke und grübelte. „Ich hab von allem eine Ahnung. Es gibt kaum was, worin ich nicht Bescheid weiß. Doch mein größter Traum wäre... hm, hm... wenn ich ganz ehrlich bin: Was die hier Klatschreporter und Enthüllungsjournalist nennen! Da würde ich einer Berufung folgen, die ich hauptsächlich ja schon in Asgard auslebte. Und in Midgard dürfte es auch so manches zu enthüllen geben..."

Sicherheitshalber ging Loki jedoch noch zu einem sogenannten Hochbegabten-Coach. Und diese Sitzung verlief recht aufschlussreich. Der Talente-Coach erachtete ihn nämlich als einen interessanten Fall, hatte aber auch Kritisches anzumerken.

„Also... ähm... wenn du bereit wärst, dein Outfit... ähm... zu enhancen – also dann könnte echt ne große Nummer aus dir werden."

„Outfit enhancen.", runzelte Loki die Stirn. „Was genau meinst du denn damit?"

„Tja... ähm... weißt du, was du da um dich herum gewickelt hast, das ist ein <u>Bade</u>mantel, ein Kleidungsstück fürs Schwimmbad und daheim. Wahrscheinlich findest du's unheimlich kultig; so was gibt's ja. Manche können sich ja auch von altmodischen

Plateau-Schuhen nicht trennen. Du erinnerst mich ein bisschen an Kommissar Colombo in seinem alten Trench..."

„Warte mal," unterbrach Loki. „Plateau-Schuhe – wie sehen die aus?"

„Echt noch nie gesehen? Ne ganz dicke Sohle haben die. Sind aber schon lange out."

Plötzlich warf sich Loki in seinem Sessel nach hinten und prustete los. Der Coach runzelte die Stirn.

„Is was nich o.k.?"

„Alles gut – ich stell mir nur gerade meinen Stiefbruder Baldur in Magenta-Plateauschuhen vor!"

Der Coach räusperte sich. „Abgesehen von dem Bademantel sollten wir uns auch mal mit deiner Brille befassen. Das ist eine Strandbrille, die genau wie der Bademantel nicht so recht in eine Zeitungsredaktion passt oder eine Pressekonferenz. Die Flip Flops übrigens auch nicht."

Loki zog einen Flunsch. „Du findest mich also völlig daneben gekleidet..."

„In deiner Freizeit kannst du natürlich tragen, was du möchtest, doch du wirst verstehen... du willst doch ernst genommen werden in deinem Job."

Loki legte den Kopf schief. „Aber es ist doch wichtiger,

wie ich meinen Job mache, als wie ich angezogen bin. Bei uns daheim gibt es da gar keine Vorschriften."

„Wenn du unbedingt diesen Style behalten willst, dann wäre es vielleicht passender, zu einem Tingeltangel… ähm… Kabarett, Zirkus oder zur Komödie zu gehen. Du wärst der klassische Gaukler-Typ…"

„Sagt Papa auch immer.", nickte Loki. „Da ich das Gaukeln aber so ein bisschen satt habe, will ich jetzt zur Presse. Wie kleidet man sich denn da?"

„Eher unauffällig. Am besten guckst du dich einfach mal in einem Verlag um, wie man da rumläuft."

„Unauffällig… da muss ich mich aber verbiegen.", nörgelte Loki. „Na ja, muss gehen."

Loki rang sich zu einem Kompromiss durch: Der Bademantel wurde abgelegt und dafür ein pinkfarbener Trench angeschafft. Dazu pinkfarbene Stiefeletten und eine Brille mit schmalerem pinkem Rand.

„Fast… seriös.", befand sein Coach. „Also ich sehe deine Bemühung. Allerdings kann es passieren, dass man dich fragt, ob du… ne Tunte bist."

„Eine was?"

„Nun ja… ein Mann, der Frauenkleider bevorzugt. Pink scheint ja deine absolute Lieblingsfarbe zu sein. Gibt es keine andere Farbe daneben?"

„Doch – meine Lieblingsfarbe ist eigentlich Magenta!", erklärte Loki. „Die Farbe hab ich nämlich selbst kreiert!"

'Ein Hauch Größenwahn ist auch vorhanden.', staunte der Coach.

„Wieso sollte ein Mann nicht auch mal Frauenkleider tragen, wenn ihm danach ist?", fragte sich Loki. „Frauen tragen hierzulande ja auch Beinkleider und kurze Haare."

'Der ist echt verpeilt!', stöhnte der Coach im Stillen. 'Oder er will mich provozieren...' Da schwante ihm etwas.

„Raus damit, *pink panther*. Bist du etwa Lockvogel von 'Verstehen Sie Spaß'?"

Loki hob die Brauen. „Spaß verstehe ich jede Menge, aber ein Vogel bin ich nicht. Wenngleich ich mich daheim in einen solchen verwandeln kann..."

„Also, du arbeitest echt nicht für diese bescheuerte Sendung?"

„Keine Ahnung, was du meinst." Loki rutschte unbehaglich in seinem Sessel hin und her. Dabei entfleuchte ihm hinten Luft. Sein Coach errötete.

„Also... ähm... solche Darmgeräusche müssen natürlich auch unterbleiben, wenn du journalistisch tätig werden möchtest. Und dann noch deine Haare..."

„Was stimmt denn nun mit denen nicht?", brummte Loki unwirsch.

„Ich versuch dir den Start ja nur zu erleichtern.", beschwichtigte ihn der Coach. „Da muss mal ein Schnitt rein, und so strähnig... das geht gar nicht. Vielleicht hilft schon ein bisschen häufiger waschen..."

Loki hob die Brauen. „Waschen? Ich schmiere da von Zeit zu Zeit eine selbst zusammengebraute Tinktur rein. Daheim hat mir mein Frauchen die Haare zuweilen frisiert..."

Der Coach holte Luft. „Du bist... verheiratet?"

Loki grinste. „Hättste wohl nicht erwartet, was? Meine Sigyn nimmt mich so, wie ich bin! Momentan haben wir uns allerdings etwas auseinandergelebt."

„Das geht mich ja nichts an.", murmelte der Coach. „Übrigens könnte ich dir einen guten Friseur empfehlen. Und nun kommen wir mal zu deinem Curriculum Vitae..."

„Was für ein Ding?"

„Deinem Lebenslauf. Wir setzen jetzt mal zusammen deinen Lebenslauf auf. Absolut wichtige Sache."

Lange Debatten gab es zunächst ums Geburtsdatum. In Asgard scherte man sich nämlich nicht um genaue Daten.

„Daten sind bei uns daheim Schall und Rauch.", erklärte

Loki.

'Ist bestimmt ein anarchistisch angehauchtes Elternhaus.', dachte der Coach bei sich.

Loki legte dem Coach ein kleines Quiz vor: „Heute vor exakt 30 Sonnenrunden bin ich geboren!"

Heikel war auch das Thema Schulausbildung. Da Loki mittlerweile aber einen einigermaßen Überblick hatte, was Lehranstalten in Midgard betraf, faselte er sich etwas zusammen. Natürlich hatte er das Abitur mit der Note Exzellent bestanden!

„Hast du die entsprechenden Nachweise dabei?", fragte der Coach.

„Wenn ich nicht so verdammt unordentlich hätte, dann besäße ich die noch!", suchte sich Loki aus der Affäre zu ziehen.

„Die brauchst du aber, sonst wird das mit der Karriere nichts.", stellte der Coach klar.

'Dürfte kein Problem sein, solche Dinger zu fälschen!', spekulierte unser Schwerenöter. „Was brauch ich denn sonst noch unbedingt zu meinem Lebenslauf?"

„Ein hübsches Bewerbungsphoto. Das machst du aber bitte nicht selber, sondern gehst zum Fotografen. Und ohne pinke Brille auf der Nase."

„Die wertet meine Visage aber auf!", nörgelte Loki.

„Ohne die hab ich bestimmt Nachteile!"

'Der Typ treibt mich noch in den Wahnsinn.', seufzte der Coach.

Sie kamen nun zu den beruflichen Erfahrungen und Loki mächtig ins Plaudern.

„Farben kreieren – je schriller, desto besser. Meine Erfindung Magenta hab ich ja schon erwähnt. Darüber hinaus entwickle ich Kosmetik. Für meine Stiefmama hab ich eine ganz tolle Antifaltencreme zusammengerührt. Das Rezept verrate ich natürlich nicht. Ja, und darüber hinaus hab ich Pferde und Wölfe gezüchtet – sogar Schlangen..."

Der Coach lauschte mit verdrehten Augen. Sein Klient, so verfestigte sich sein Eindruck, war offenbar aus der Psychiatrie ausgerückt oder zumindest ein Fall für dieselbe. Ein notorischer Hochstapler...

„... An den von mir gezüchteten Pferden ist das Geile... sie haben acht Beine!", plauderte Loki stolzgeschwellt fort. „Eins reitet Papa. Allerdings darf ich solche Rosse nur für unsere Familie züchten, sonst gibt's massig Ärger. Meine Wolfszüchtung ist etwas daneben gegangen, muss ich zugeben. Das Biest ist nämlich ein Monster geworden, das immer an einer Kette liegen muss, damit es nicht die ganz Sippe verspeist..."

'So, jetzt langt's.', sprach der Coach zu sich und

stöberte so diskret wie möglich nach der Nummer der Geschlossenen.

„Das mit dem Monsterwolf ist so ein bisschen wie in dem Buch 'Frankenstein'.", sabbelte Loki, richtig in Fahrt gekommen, weiter. „Da geht Doktor Schlaumeier sein Experiment ja ebenfalls etwas daneben. Haben Sie das Buch auch gelesen?"

„Ähm... ja... im Englischunterricht.", stammelte der Coach, dem Schweißperlen auf der Stirn standen.

Loki hielt inne. „Ich glaub, mit meinem Monsterwolf hab ich Sie in Schrecken versetzt, was? Der liegt ja an einer richtig fetten Kette, von der er nicht loskommt, keine Sorge. Aber um nochmal auf 'Frankenstein' zurückzukommen: Das ist mein absolutes Kultbuch! An einem Nachmittag hab ich das durchgelesen. Und wissen Sie was? Die Frankensteinsche Kreatur tat mir echt leid. Passiert sonst nicht so schnell, dass mir jemand leid tut. Meine Sippe hält mich für ein empathieloses Scheusal..."

'Für mich bist du lediglich ein durchgeknallter Fratz!', dachte der Coach. Endlich hatte er die richtige Nummer. „Entschuldigung – muss mal eben kurz telefonieren. Es ist nämlich so... für deine speziellen Fähigkeiten hab ich da jemand an der Hand, der kann dir mit Sicherheit Türen öffnen..."

„Wow! Her damit!", glänzten Lokis Augen. Nach dem

wirklich nur kurzen Telefonat brabbelte er weiter.

„Ich hab noch andere Biester gezüchtet, die auch ein bisschen grotesk geraten sind, zugegebenermaßen! Da wäre der T-Rex. Von dem passt gerade mal ein Fuß in Ihr Büro..."

Nervös wippte der Coach mit den Fersen. 'Hoffentlich beeilt die grüne Minna sich...'

„Ohne mich selbst loben zu wollen, muss ich sagen, dass ich in unserer doch weitläufigen Sippe mit Abstand der Begabteste bin!", klopfte sich Loki auf die Brust. „Bei mir vergeht kein Moment ohne eine zündende Idee. Wenn man da meinen Stiefbruder Baldur neben stellt... Ein Dünnbrettbohrer, der jedem Trick auf den Leim geht..."

Ein energisches Klopfen unterbrach Lokis Selbstbeweihräucherung. Mit einem verdächtig erleichterten Lächeln ging sein Coach öffnen. Hinein marschierten mehrere kräftig gebaute Herren in weißer Gewandung.

„Bitte sehr, da sitzt mein besonderer Fall. Bitte nehmen Sie sich seiner in Ihrer Sprechstunde an..."

Da Loki die Ironie in dieser Anweisung nicht entging, schaltete er blitzartig um in den Alarm-Modus, und noch bevor die weißgekleideten Schergen ihn umzingelt hatten, war er mit einem Riesensatz aus dem (glücklicherweise) halb offenen Bürofenster hinaus. Drei Stockwerke flog er hinab, um ausgerechnet auf das Dach der dort geparkten Ambulanz zu knallen! Seiner göttlichen Fähigkeiten im Exil beraubt spürte er höllischen Schmerz und verlor gar das Bewusstsein!

Als er wieder zu sich kam, fand er sich in einem anderen Büro, auf einer Liege ausgestreckt. Seine Füße waren an ein Gitter am Ende der Liege gekettet und sein Oberkörper eingeschnürt in eine Art harte dicke Decke! Ihm schräg gegenüber saß hinter einem großen Mahagoni-Schreibtisch ein streng dreinblickender Herr im weißen Kittel.

„Na, wie geht es uns denn?", fragte dieser mit öliger Stimme.

„Wie's Ihnen geht, keine Ahnung – mir jedenfalls tut alles weh; vor allem so verpackt wie ein Paket!", nörgelte Loki. Was ihm als ungutes Omen deuchte: Der Herr, offenbar ein Arzt, sah exakt so aus wie der Riese Thjazi, Kinderschreck von Asgard. Thjazi hatte ihn nämlich, als er noch klein und nicht so wehrhaft war, in Gestalt eines Vogels entführt. Ein wahres Kindheitstrauma, auch wenn Loki ihm nachmals dank seiner Pfiffigkeit entschlüpfen konnte...

Loki suchte sich halb aufzurichten. „Gestatten: Magenta Panther. Und Ihr werter Name?"

„Jazinski.", lächelte der bebrillte Doktor. „Doch nun zu

51

Ihnen, mein Freund. Was wir Ihnen da angelegt haben, ist ein Stützkorsett. Sie haben nämlich ganz viele Knochenbrüche nach Ihrem Sturzflug davongetragen..."

Das klang wieder verdächtig ironisch. 'So was Deppertes wär mir mit meinen magischen Flip Flops nicht passiert.', ärgerte sich Loki. Eins schien jedenfalls klar: Vom Aufprall hatte er zwar zweifellos viele Prellungen davongetragen, doch von wegen Knochenbrüche! Ehe ein Ase sich Knochen brach, musste schon Heftigeres passieren. Schlimmer war, dass sein Erzfeind Thjazi sich offenbar unter die Midgardbewohner gemogelt hatte, um sich an ihm zu rächen für damals.

Doktor Jazinski alias Thjazi setzte ein geheuchelt vertrauliches Lächeln auf. „Bei uns können Sie sich erstmal entspannen nach all der Aufregung. Hier haben Sie sehr viel Ruhe..."

„Äußerst witzig!", grinste Loki gequält. „Wie soll sich einer eingezwängt in so ein Korsett entspannen, he? Noch dazu die Füße angekettet! Hab ich etwa jemandem irgendetwas zuleide getan?"

Doktor Thjazi putzte sich die Brille. „Nun ja, es ist so: Sie haben einen Herrn, der seinen Beruf als Hochbegabten-Coach ausübt, mit Horror-Schilderungen ganz schön erschreckt..."

„Aber er hat mich nach meinen beruflichen Erfahrungen gefragt, die ich ihm vollständig offenlegte!", rechtfertigte sich Loki. Seine sehnigen Kräfte kamen einfach gegen den fest um ihn gewickelten Stoff nicht an.

„Ihre... beruflichen Erfahrungen bestehen also darin, ein Horror-Kabinett von Bestien zu züchten?", runzelte der Doktor die Stirn. „Sie hatten Ihrem Coach ja zuvor erzählt, dass Mary Shelleys Frankenstein-Roman ihre Lieblings-Lektüre ist, richtig?"

Ergrimmt rollte Loki auf der Liege hin und her. „Ist so was etwa verboten? Das Buch gibt's in jeder Bücherei auszuleihen!"

Thjazi- Jazinski schmunzelte nachsichtig. „Ein großer Klassiker der Literatur, fürwahr. Wenn das Ihr Lieblingsbuch ist, dann wäre es doch möglich, dass... Sie sich mit dem Protagonisten Dr. Frankenstein ein wenig... identifizieren, oder?"

„Frankenstein und mich kann man nicht vergleichen!", verwahrte sich Loki. „Dieses größenwahnsinnige Superhirn hat mit Züchtungen von Seinesgleichen rumexperimentiert, ich hingegen nur mit Biestern. Na gut, Fenriswolf und Midgardschlange sind heftig missraten, aber wir haben sie zumindest unter Kontrolle. Die Midgardschlange liegt fein säuberlich um Midgard gerollt, und solange man sie nicht reizt..."

Der Doktor spielte mit seinem Kugelschreiber. „Interessant..."

„Frankenstein hingegen... der wollte für seine Kreatur keine Verantwortung übernehmen!", ereiferte sich Loki. „Der hat sie sich einfach selbst überlassen. Wissen Sie, der eigentliche Held dieser Saga – das ist die Kreatur! Eigentlich identifiziere ich mich mehr mit der. Sie tut mir leid, in ihrer Ausgestoßenheit, und man kann ihr, wie ich finde, nichts anlasten..."

Jazinski schaute ihn durchdringend an. „Die Kreatur ist Ihnen demnach sogar... sympathisch?"

„Genau – und es dauert lange, bis mir jemand mal sympathisch ist!", sprach Loki mit sehr viel Nachdruck.

Nach dieser Unterhaltung verließ Jazinski-Thjazi den Raum und Loki allein in seiner erbärmlichen Lage zurück.

„Verdammt noch mal!", fluchte der. „Ich weiß, dass ihr euch da oben in Asgard jetzt toll amüsiert, weil ihr auf so was schon lange gelauert habt – vor allem mein geschätzter Bruder Baldur! Aber ich komm hier frei, ich brauch euch nicht! Werdet sehen..."

Zunächst einmal schienen das nur Worthülsen. Loki tröstete sich damit, dass er zweifellos in die Falle des als Midgardbewohner getarnten gefährlichen Riesen Thjazi getappt war.

'Das ist unfair!', grollte er. 'Dann kann mir auch einer

meine magic Magenta-Flip Flops bringen!'

Nach unerträglich langer Zeit betrat jemand den Raum. Es war ein jüngerer Mann, den Doktor Jazinski vorhin als seinen Assistenten vorgestellt hatte. Beim Eintreten legte der den Finger auf den Mund.

„Bleiben Sie ganz ruhig. Ich möchte Ihnen nämlich helfen."

„Ach wie schön!", staunte Loki. „Bin ich Ihnen etwa sympathisch?"

Der junge Mann zog sich einen Stuhl heran, um neben der Liege Platz zu nehmen. „Erst einmal möchte ich mich vorstellen: Ich bin Doktor Hellblind..."

Loki holte tief Luft. Saß da am Ende sein Bruder Helblindi? In einen Midgardbewohner verwandelt?

„Wissen Sie," sprach Doktor Hellblind, „ich habe zwar gerade erst meinen Abschluss gemacht und arbeite erst kurz hier in der Psychiatrie – dennoch glaube ich nicht, dass Sie ein Fall für unsere Einrichtung sind."

„Meine Rede!", atmete Loki auf. „Ich begreif ja auch nicht, was ich hier zu schaffen habe..."

„Wissen Sie: Wenn man so lange wie mein Chef Professor Jazinski in seinem Metier tätig ist, dann kann man schon mal... berufsblind werden.", fuhr Hellblind fort. „Auch wenn man eine Koryphäe seines Fachs ist. Ich für meinen Teil erachte Sie nicht als krankhaft psychotisch... Eher als ein wenig... exzentrisch. Auf keinen Fall aber gefährlich."

Nochmals atmete Loki auf. „Dann können ja langsam mal meine Fußeisen weg..."

„Das muss erst mit dem Chef besprochen werden.", beschwichtigte ihn Doktor Hellblind. „Aber wir bekommen das hin, mein Freund. Spätestens Morgen sind Sie wieder draußen."

Damit wandte sich der Besuch wieder zur Tür. „Wissen Sie," drehte er sich vor dem Gehen noch mal um, „was mir besonders gut gefallen hat vorhin? Ihre Sympathie für Frankensteins Kreatur. Das offenbart eine mitfühlende Natur."

Loki starrte ihn mit weit aufgerissenen Augen an. 'Hoffentlich hören die in Asgard jetzt gut mit!', dachte er.

„Und noch einen nützlichen Tipp, mein Lieber: Wenn Sie weiter durchs Leben gehen, zügeln Sie vielleicht ein wenig Ihre zweifellos überbordende Phantasie. Die Umwelt kriegt vieles in den falschen Hals, was - wie Sie nun erleben - große Probleme nach sich ziehen kann. Oder noch besser: Leben Sie Ihre Phantasie beruflich aus - so wie die Frankenstein-Autorin *Mary Shelley*! Oder als Komiker. Es gibt so viele Möglichkeiten..."

„Erst mal muss ich aus dieser Umwicklung hier raus!" *

Nachdem der sympathische Doktor Hellblind tatsächlich Wort gehalten und man Loki anderntags ungeschoren aus der Psychiatrie entlassen hatte, zog er – vorsichtshalber – unverzüglich in eine andere Stadt um.

'Haftet einem irgendwo erstmal ein schlechter Ruf an, dann haftet der wie Teer.', sagte er sich. 'Neue Umgebung – neue Chancen, die ich energisch zu nutzen gedenke...'

Eigentlich wollte er von Hochbegabten- oder Talente-Coachs nichts mehr wissen. Erst Löcher in den Bauch fragen und dann heimtückisch das Irrenhaus informieren...

Bis er in der neuen Stadt das Firmenschild eines renommierten Erfolgs-Coachs entdeckte. Er konnte nicht widerstehen und erkundigte sich nach einem Termin.

„Bedaure, aber wir haben erst in einem Jahr wieder freie Termine.", informierte die Vorzimmerdame.

„In einem Jahr?", verdrehte Loki die Augen. „Da bin ich vielleicht an meiner Unwissenheit gescheitert oder sonst wo!"

„Ich mache Ihnen einen Vorschlag.", zeigte sich die Dame zuvorkommend. „Nächste Woche hält der Chef einen Vortrag vor Studenten über das Thema 'Steil hinauf auf der Karriereleiter'. Vielleicht hilft Ihnen ja das schon weiter…"

Loki erachtete dies als gute Alternative. Bei einem Vortrag konnte er sich in der Anonymität der Zuschauer verbergen, und das Risiko, ein weiteres Mal mit gewissen Institutionen Bekanntschaft zu machen, schien gering.

Da saß er nun in einem Hörsaal inmitten von Studenten – und fiel ausnahmsweise mal nicht auf in seiner pinken Garderobe. Elastischen Schritts trat nun der Vortragsredner ans Pult, um seine Ausführungen hinsichtlich Erfolg und Karriere vor gespanntem Auditorium zu starten.

„Im Grunde genommen ist der Weg zum Erfolg ganz simpel.", konstatierte er. „Oft höre ich: Man muss auf der richtigen Straßenseite geboren sein und dergleichen. Alles Ausreden. Jeder, ob Fritzchen Müller oder Leonardo da Vinci, kann eine Erfolgskanone werden oder zumindest ein auskömmliches Dasein finden, wenn er ein paar grundlegende Dinge beherzigt. Dinge, die man schon als Kind spielend lernen kann und sollte…"

Hochgespannt rutschte Loki auf seinem Stuhl hin und her.

„Stellen Sie sich vor, Sie kommen an eine Weggabelung. Sie können entweder rechts oder links abbiegen, mehr nicht. Sie kennen beide Wege nicht. Was tun?, fragte der Referent in die Zuhörerschaft.

Beflissen meldete sich Loki. „Beide Wege mal ein Stückchen erkunden, würd ich sagen. Der eine ist vielleicht holprig und führt an der Kläranlage oder am Finanzamt vorbei..."

Amüsiertes Raunen um ihn herum.

„... und der andere führt vielleicht durch eine hübsche Blumenwiese und an einem Biergarten vorbei.", fuhr Loki fort. „Da ist die Entscheidung wohl leicht, würd ich meinen."

Der Referent bemühte sich um ein sparsames Schmunzeln. „Es ist nun aber so, dass Sie den Verlauf beider Wege sowie ihre Beschaffenheit gar nicht absehen können. Zum Glück wartet am Startpunkt des einen Wegs eine attraktive, gut gekleidete Dame, um Ihnen ein wenig Entscheidungshilfe zu geben. Diese Dame stellt sich Ihnen als Frau Opportuna vor."

Loki verzog den Mund. Opportuna – klang irgendwie nach einer Versicherung...

„... Frau Opportuna spricht: Wenn du diesen Weg wählst, garantiere ich dir im mindesten ein gutes Auskommen. Ob es mehr wird, hängt dann von dir und deinen Zielen ab. Wer sagt schon Nein zu Erfolg, Popularität und hohem Lebensstandard? Was du selbst dafür tun musst? Einfach nur mit offenen Augen loslaufen und darauf schauen: Was liegt gerade im Trend, was ist angesagt, gefragt, kurzum: In und

Out. Schließ dich immer dem In an anstatt dem Out. So kommst du weiter und gut an. Sei Top statt Flop!"

Wiederum meldete sich Loki. „Können Sie mal ein konkretes Beispiel nennen für In und Out?"

„Klar.", erwiderte der Coach salopp. „Nehmen wir das Thema Kleidung. Wer In sein will, kleidet sich immer nach der gerade trendigen Mode, ganz einfach. Da ist man auf jeder Party, jedem Brunch gern gesehen, vor allem in höheren Gesellschaftskreisen..."

„Hmm..." Dreist erhob sich Loki im Auditorium. „Ist der Stil, in dem ich gekleidet bin, derzeit Top oder Flop?"

Der Referent räusperte sich verlegen. „Nun ja... ich würde sagen... schauen Sie einfach in die Modehäuser oder aktuellen Kataloge..."

Schmunzelnd nahm Loki Platz. „Ich versuch's mal mit dem Cat Walk..."

Erneut amüsiertes Tuscheln um ihn herum.

„Nachdem Frau Opportuna Sie aufgeklärt hat, sehen Sie, dass an der Abbiegung zu dem anderen Weg auch eine Dame steht." fuhr der Redner fort. „Die kann man allerdings leicht übersehen, wegen ihrer unscheinbaren, etwas langweiligen Aufmachung. Sie erzählt Ihnen nun was über Idealismus. Idealismus? Einfach im Leben das tun, was glücklich macht. Sich mit denen abgeben, die man sympathisch findet – auch wenn das Loser oder

Außenseiter sind. Idealisten finden das Leben umso sinnvoller, je weniger materiell es ist. Hört sich zunächst mal ziemlich cool und abgeklärt an. Solche Leute werden aber auf die großen Events gewöhnlich nicht eingeladen, und die richtig aufregenden Sachen können die sich ohnehin nicht leisten." Er hielt inne. „Na, für welchen Weg entscheiden Sie sich?"

Loki kratzte sich unterm Kinn. 'Diese Sachen sind tatsächlich nix Neues, die kennt man auch in Asgard. Baldur zum Beispiel – ein klarer Fall von Idealist. Oder die Wanen – alles Idealisten. Njörd mit seinem Haus am Meer. Wenn man den fragt, bevorzugt der Meeresrauschen und Möwengekreisch vor Glanz und Gloria. Seine Gattin Skadi fährt lieber Ski im Gebirge als auf Partys aufzukreuzen. Tja, und ich...?'

Als nach beendetem Vortrag die Zuhörer aus dem Hörsaal strömten, fiel Loki eine Studentin auf, die ebenfalls einen pinken Kurzmantel trug! Er schob sich neben sie.

„Na, ausgeschlafen, meine Liebe?"

„Wenn du mit deinen provokanten Kommentaren nicht gewesen wärst, wär ich tatsächlich eingeschlafen.", entgegnete sie schmunzelnd.

Loki nahm das als Kompliment und lud die Dame mit dem reizenden Namen Rosetta zu einem Wein ein.

„Also…", horchte er sie beim Rendezvous aus, „wem schließt du dich nun an: Der geschminkten Opportuna oder der ungeschminkten Idealistin?"

„Da brauch ich gar nicht zu überlegen." erklärte sie. „Und weißt du, wieso? Wir Zwei sitzen jetzt hier beim Wein. Ich weiß von dir rein gar nix, außer dass du ein krasser Typ mit dem krassen Namen Lucky bist. Als Opportunistin würde ich sogleich versuchen, rauszukriegen, ob eine Bekanntschaft mit dir für mich lukrativ oder karrierefördernd sein könnte. Ob sie mich vorwärts bringt. Verstehst du?"

Loki nickte. „Und ich würde dir als Opportunist ganz tüchtig was vorschwindeln. Zum Beispiel, dass ich ein großer Erfinder wäre. Dass ich ganz tolle Leute kenne, die in jedem Buch oder jeder Klatschzeitschrift stehen. Dass ich auf allen Hochzeiten tanze. Dass ich weiß, wie man Regenbögen konserviert…"

Sie lachte auf. „Lass mich raten: Du bist ein klassischer Hochstapler!"

„Im Moment," gestand Loki, „bin ich nur ein ewiger Student mit dem Berufsziel Journalist…"

„Unverbesserlicher Idealist also.", nickte sie. „Ich studiere übrigens Geschichte, das Idealistischste wo gibt!"

Loki hob die Brauen. „Da hast du ja sicher schon von

den Asen gehört, oder?"

Gequält verzog sie den Mund. „Ach, diese komische nordische Götteroper! Am witzigsten finde ich noch Loki... obwohl er schon ein ganz schöner Kotzbrocken ist..."

Loki wurde heiß hinter den Ohren. „Findest du? Wieso, wenn ich fragen darf?"

„Das ist so ein richtig intriganter Whistleblower, der mit Wonne alle gegeneinander ausspielt. Aber seine Cleverness – die ist ccht beeindruckend..."

„Ich meine... ohne Loki ginge doch gar nichts in Asgard." erklärte er. „Loki sorgt dafür, dass die großen Asen ihre Bodenhaftung nicht verlieren!"

„Bodenhaftung?" Sie kicherte. „Asgard ist doch im Himmel, oder?"

„Loki ist nämlich gewissermaßen ein Außenseiter. Weil er gar kein Asenblut hat, denn seine Eltern sind beides Riesen. Odin hat ihn seinerzeit adoptiert, da er erkannte, dass so ein aufgewecktes Kind bei den Asen besser aufgehoben ist. Wenn einem der Clan immer wieder aufs Butterbrot schmiert, dass man nicht so ganz dazugehört..."

„Ich sehe, du fühlst dich gut in Loki ein.", schmunzelte Rosetta. Wie das wohl anging...   *

In Asgard kam man aus dem Staunen nicht mehr heraus.

„Wooaah – hat es doch Loki glatt geschafft, sich ohne die üblichen Ausfälligkeiten in einer größeren Menschenansammlung zu bewegen!", rief Thor aus.

„Es war ja meine Rede, dass Midgard selbst die aufmüpfigsten Gemüter ein wenig schult.", sprach Tyr in seiner gemessenen Art.

„Man sollte nicht den Tag vor dem Abend loben!", warnte Frigg.

Baldur, noch vor kurzem total euphorisch, als Loki in Fußeisen und Zwangsjacke in der Psychiatrie festgesetzt lag, tigerte missmutig auf und ab. „Wenn dieser eine Sturzflug auf die Fresse den geläutert hätte, das wär ein Wunder – daran glaub ich nicht. Und wie der ständig über mich herzieht, bei jeder Gelegenheit..."

„Ja, das freche Maul ist dem keineswegs vergangen.", seufzte Frigg.

In einer ganz geknickten Stimmung freilich war Sigyn, seit Loki mit der Studentin Rosetta angebändelt hatte. „Seht mal, wie der jede Gelegenheit nutzt, Midgardbewohnerinnen anzumachen!"

„Das solltest du nicht so eng sehen.", suchte Frey zu trösten. „Mir hat er gesagt, dass er das nur zu

Lernzwecken tut…"

Sigyn verdrehte die Augen. „Zu Lernzwecken! Nur die üblichen Ausreden!"

„Na ja, um zu lernen, muss er sich eben benehmen wie ein Midgardbewohner.", zuckte Tyr die Achseln. „Jedenfalls finde ich, man sieht eine gewisse Entwicklung…"

Zu Sigyns Leidwesen entwickelte sich zwischen Loki alias Lucky und der aparten Studentin Rosetta eine längere Geschichte. Instinktiv spürte der Schwerenöter, dass er von Rosetta eine Menge lernen konnte. Zunächst einmal war sie blitzgescheit und wusste seine zuweilen frech provokanten Äußerungen charmant zu kontern. Darüber hinaus hatte sie aber auch ein großes Herz. Sie konnte etwas, von dem er bislang nicht recht gewusst hatte, wie sich das anfasst – liebhaben. In ihrer Studentenbude lebte sie mit einer Schildkröte, die sie herzte, und der sie sogar einen Namen gegeben hatte: Prometheus.

Loki hatte sich anfangs nicht einkriegen können. „Wieso hast du dir zum Schmusen keine Katze gekauft, sondern so ein Panzertier?"

„Stell dir vor – ich hab Prometheus in einem Müllcontainer gefunden.", erzählte sie in emotionaler Aufwallung. „Wer macht so was?"

Loki schmunzelte. „Ich hab meinen pink Bademantel auch aus einem Müllkübel gefischt, seinerzeit, von Mitleid gerührt..."

„Schön... aber es ist doch irgendwie noch mal ein Unterschied, ob man im Müll ein Kleidungsstück findet oder ein Lebewesen, nicht wahr?"

Loki zog an seinem Ziegenbart. „War schon prima von dir, den kleinen Kerl da rauszuziehen. Hast du ihm den

Namen Prometheus gegeben?"

„Prometheus ist meine Lieblingsgestalt aus der Griechischen Mythologie.", nickte sie.

„Warum?", horchte er interessiert.

„Prometheus ist eine so tragische Gestalt. Er versucht den Menschen das Feuer – im übertragenen Sinne also Erkenntnis und Unabhängigkeit von den übermächtigen Göttern – zu bringen, wofür er von Letzteren schrecklich bestraft wird."

Er legte den Arm um sie. „Kommt mir bekannt vor. Die klügsten Köpfe werden immer ungerecht behandelt, meist gerade von jenen, denen sie große Dienste erwiesen haben. Undank ist der Welt Lohn, sagt man ja..."

Sie zog an seinen strähnigen Locken. „Als Idealist verstehst du das natürlich..."

Idealismus hin, Idealismus her... wenn Rosetta in ihre Geschichtsvorlesungen und Loki in seine Journalismus-Kurse ging, waren sie beide von Ehrgeiz und Eifer gepackt. Vor allem Loki konnte es kaum erwarten, sein Diplom in den Händen zu halten.

Natürlich begleitete er Rosetta auf so manche Studentenparty. Nachdem ihre Kommilitonen ihn anfangs als „Ritter von der traurigen Gestalt" bespöttelt hatten, gehörte er mittlerweile ganz dazu.

Auch wenn er um einiges älter war.

Rosetta hatte es anfangs gar nicht fassen können, dass er bereits Vater einer erwachsenen Tochter war.

„Sag mal – wie früh hast du denn angefangen?", wunderte sie sich. „Nun erzähl doch mal von deiner Tochter. Am besten stellst du sie mir bei Gelegenheit mal vor..."

Er druckste. „Du, die Hel ist ein richtiger Grufti, die geht nicht gern unter Leute. Am liebsten hält sie sich in unterirdischen Räumen und Höhlen auf..."

„Echt? Na ja, bei uns gibt's auch so Freaks, die feiern Partys auf Friedhöfen.", schmunzelte Rosetta. „Da ist deine Tochter ja ganz anders als du."

„Die ist auch ihrer Mama Angerboda nach. Zum Glück hat sie nicht deren Größe geerbt.", fabulierte er. „Wir beide, Hel und ich, sind die Outcasts der Sippe. Hel scheint sich damit arrangiert zu haben. Verdammt, ich hab sie schon zu lange nicht mehr gesehen! Aber da, wo sie wohnhaft ist, kommt man nur hin, nicht wieder zurück..."

Rosetta bekam eine Gänsehaut. „Manchmal hast du was Grusliges..."

Da Loki beim Gedanken an sein Töchterchen Hel richtig schwermütig wurde, stürzte er sich in sein Studium. Nebenbei jobbte er als Coach für Clever-Kids. Seinen

Schülern erzählte er gern das Gleichnis von der Weggabelung:

„Früher oder später in eurem Leben, Freunde, kommt ihr an eine Weggabelung, wo's heißt: Nach rechts oder links. Und nun aufgepasst: An besagter Gabelung stehen nämlich zwei Rattenfänger – einer mit nem grauen Schlips, der andere mit nem pinkfarbenen..."

An dieser Stelle wurde meist gekichert.

„... Der Onkel mit dem langweiligen grauen Schlips zieht eine XXL Schokoladenpackung hinter seinem Rücken hervor und spricht: 'Folgt mir, und ich zeige euch, wo's geradewegs zu Wohlstand, Erfolg und Beliebtheit geht! Geil, frohlockt ihr da natürlich und wollt schon hinterdrein rennen, da ruft der nette Onkel mit dem pink Schlips: 'He, hört euch doch erst mal an, was ich euch anzubieten habe.' Er ködert euch mit einem selbstgebackenen Kuchen nach irgendeiner originellen Rezeptur und verheißt: 'Mit mir geht's zu ganz vielen tollen Abenteuern, auf denen man freilich auch mal auf die Nase fliegen kann, weil der Weg mal kurvig, mal steil, mal schmal usw ist.' Man fragt ihn: 'Wie sieht es mit einer steilen Karriere aus und Aussichten, ein fettes Vermögen zu ergattern?' 'Das kommt auf euch selber an.', meint der Onkel. 'Mein Weg hat ab und zu Abzweigungen auf den anderen Weg, wo der Grauschlips seine Führungen macht. Da kann jedermann schauen, was ihm besser passt. Genauso können die Grauschlips-

69

Follower die Route wechseln – auch wenn Monsieur Grauschlips dann sauer ist. Na, wie findet ihr das?'"

Nicht alle der Clever-Kids fanden das cool, vor allem die einen und anderen von deren Eltern nicht. Die warfen Loki vor, selber ein Rattenfänger zu sein.

„Sie machen Schleichwerbung für Ihren eigenen pink Schlips!", schimpften mal welche. „Es kommt nur darauf an, die Kids leistungsoptimiert und effizienzorientiert zu machen!"

Grässliche Vokabeln!, schauderte Loki, um den Beschwerden dann ein super-smartes Schmunzeln entgegenzuschleudern.

„Ihre Kleinen haben immer die freie Wahl, wohlgemerkt. Und wissen Sie: Immerhin hab ich eine wohlgeratene Tochter großgezogen. Sie arbeitet bereits im Unternehmen *Helheim* als Sterbebegleiterin. Ein äußerst seriöser Job..."

Das machte großen Eindruck. „Ja... das ist natürlich etwas anderes... da hatten wir ja einen ganz falschen Eindruck von Ihnen..."

„Man schätzt mich gewöhnlich völlig falsch ein.", lächelte Loki. „Stichwort: Verkanntes Genie!"

Zuweilen kümmerte sich Loki auch um lernschwache Schüler. Einer von diesen hatte mal große Probleme, sich unter Recycling etwas vorzustellen.

„Das ist im Handumdrehen erklärt." verhieß Loki. „Jetzt mal gut auf, die Ohren: Sicher hast du schon was von dem Gott Thor gehört, nicht?"

Der Knabe nickte. „Thor mit dem tollen Hammer."

„Der hat nicht nur diesen sagenhaften Zauberhammer, sondern auch einen Wagen, vor den zwei Böcke gespannt sind. Wenn nun Thor mit diesem Wagen einen Ausflug macht und dabei Hunger kriegt, dann geht er in ein Gasthaus, sofern eins gerade auf seiner Route liegt. Sofern nicht, spannt er einfach seine Böcke aus, schlachtet die und brät sich am Feuer ein Steak..."

„Iiihh!", ekelte sich der Schüler. „Wie will er denn dann seine Fahrt fortsetzen?"

„Ganz einfach: Mit seinem Zauberhammer berührt er die abgenagten Knochen, und seine Böckchen stehen wieder auf, vollständig. Das kann er beliebig oft wiederholen. Du siehst nun: Recyceln ist etwas, das schon von den Göttern entworfen wurde, die ja bekanntlich besonders clever sind!"

„Was bedeutet das Wort freizügig?", fragte ihn mal ein kleines Mädchen.

Loki spitzte die Lippen. „Dafür bist du ja eigentlich noch etwas jung. Dennoch will ich versuchen, es dir zu veranschaulichen. Es gibt einen Gott Frey, der läuft immer nackt rum und schämt sich nicht dafür. Deshalb sagt man, wenn jemand sich schamlos benimmt, über den, er sei frey-zügig..."

Oder der Fall: „Onkel Lucki: Ich kann mir nichts unter Nachhaltigkeit vorstellen."

Auch hierfür hatte Loki ein anschauliches Beispiel parat, wieder aus der Historie von Asgard:

„Vor ewig langen Zeiten existierte mal ein Riese namens Ymir, unvorstellbar groß. Von Göttervater Odin wurde er – weshalb und wie auch immer – getötet. Aus seinem Kadaver bauten Odin und seine Brüder die Welt, wie sie seitdem besteht: Alle Kontinente – das war mal Ymirs Fleisch; das Meer Ymirs Blut; das Himmelsgewölbe Ymirs Schädel; die Alpen seine Zähne. Wirklich nachhaltig, nicht? Wäre ja Verschwendung gewesen, Ymirs Überreste vergammeln zu lassen. Was lernt man also: Nachhaltigkeit ist das Vermächtnis unserer schlauen Götter!"

„Echt krass!", staunten seine Schüler.

Erfahrungen sammelte Loki auch mit dem Asperger-Syndrom. Mit solchen Jugendlichen fühlte er sich sogar wesensverwandt, da diese zu Gefühlsduseleien ebenfalls wenig Zugang fanden, dafür aber die abgefahrensten Sachen im Hirn abspeichern konnten. Zum Beispiel konnten die einen ganzen Stammbaum der Asen plus Wanen herunterrattern und Odins sämtliche Seitensprünge dazu! Sie kannten die Namen sämtlicher außerehelicher Sprösslinge beider Götterdynastien. Und – oh peinlich – seine (Lokis) sämtlichen Streiche!

So integrierte sich Loki mehr und mehr in die Welt Midgards. Von Rosetta angeregt entdeckte er ein neues Kultbuch: Goethes Faust. Da hatte es (wen wundert's) ihm der Mephisto mächtig angetan!

„Mephistopheles – ein Seelenverwandter!", schwärmte Loki. „Wie der den emsigen Doktor auf Abwege bringt! Grandios!"

Rosetta zwinkerte. „So, wie du mich auf Abwege gebracht hast. Wenn du mich nicht so ablenken würdest, stünde ich bereits im Examen."

„Du weißt ja: Der Herr im pink Schlips führt einen auf gewundenen Pfaden durch unwegsames Gelände in viele Abenteuer.", schmunzelte Loki. „Manchmal landet man dabei freilich im Dreck. Stell dir nur mal vor, Faust und Mephisto wären sich nicht begegnet – da wären unserem Doktor doch eine Menge Herausforderungen entgangen..."

Ernst schaute sie ihn an. „Du darfst nicht vergessen, dass Fausts Abenteuer ein recht tragisches Ende nimmt."

Loki blieb euphorisch. „Mephistos Ausspruch 'Ich bin ein Teil von jener Kraft, die stets das Böse will und doch das Gute schafft' werd ich mir bis ans Ende meiner Existenz sicher merken. Oder wo er sagt: 'Alles, was entsteht, ist wert, dass es zugrunde geht' – das könnte glatt aus dem Mund meiner Tochter Hel stammen!"

„Die scheint ja wirklich ganz schön nihilistisch drauf zu sein!", staunte Rosetta. „Ich glaube, ihr habt doch so einiges gemeinsam..."

Loki schien ganz versunken. „Ich für meinen Teil würde die Worte abändern in 'Kraft, die stets herausfordert und dabei Dinge bewegt.' Damit könnte ich mich voll identifizieren..."

Rosetta holte tief Luft. „Unsere Debatten verbrauchen viel Energie – komm, lass uns einen Ausflug ins Grüne machen!"

Rosetta besaß eine niedliche Isetta, in die Loki freilich kaum hineinpasste. Da fuhren sie nun ins Grüne, guter Dinge und vollkommen relaxt. An einer Straßenkreuzung jedoch endete ihre Unbeschwertheit in einem schrecklichen Zusammenprall! Die kleine Isetta wurde von einem Transporter auf ein Feld katapultiert. Wieder einmal kam Loki mit nur einigen Prellungen davon. Nicht aber Rosetta, die keinem unverwüstlichen Göttergeschlecht angehörte...

Halb betäubt kehrte Loki wieder und wieder zum Unfallort zurück. „Alles, was entsteht, ist wert, dass es zugrunde geht!" - „Alles, was entsteht, ist wert, dass es zugrunde geht!", gellte es in seinen Ohren. Wie ein Fluch. Dieses Faustbuch schien verhext! Tränen... waren da etwa Tränen? Noch nie hatten solche sein Gesicht befeuchtet (außer wenn er vor Schadenfreude Tränen gelacht hatte).

Nie mehr Rosettas Lächeln sehen, nie mehr mit ihr zusammen scherzen, kuscheln, streiten... Er erlebte in sich ein ungekanntes Inferno von Emotionen. Ihm wurde klar, welche Bedeutung Rosetta in seinem Dasein eingenommen hatte. Sie hatte Regungen geweckt, die er nie zuvor erlebt hatte, stattdessen nur immer bei anderen verspottet! Vielleicht deshalb verspottet, weil er sie für sich selbst ersehnte...

„Hel," hauchte er, „meine liebe Hel... bitte nimm sie auf in deinem düsteren Utgard und dich ihrer an. Sie hat mir mehr bedeutet als irgendein lebendes Wesen außer dir selbst..."

Umgehend verbannte er 'Goethes Faust', adoptierte die verwaiste Schildkröte Prometheus und nahm sein unstetes Wandern durch Midgards Weiten wieder auf. Eingehüllt in einen langen schwarzen Mantel, einen ebenso pechschwarzen Filzhut tief in die Stirn gezogen, bot er allen, die ihm begegneten, einen gar finsteren Anblick, so dass sich niemand traute, ihn anzusprechen oder an seiner Seite zu reisen. Er durchwanderte die östlichen Steppen, über die raue Winde fegten – bis er auf eine seltsame Behausung an einem schilfumsäumten Gewässer stieß...

Eine Hütte auf hölzernen Stelzen in einem Sumpf. Der rechte Rückzugsort, sofern sie nicht bewohnt war. Doch war sie das, da gerade, als er die Leiter hinauf stieg, ein runzliges Weiblein den Kopf aus der Tür steckte.

„Herein, herein – wenn's nicht der Tod soll sein!", grinste ihr zahnloser Mund. Offenbar verfügte sie über eine Art Humor, der Loki ansprach, und so ließ er sich dazu herab, ihre Gesellschaft nicht zu verschmähen.

Während er sich im recht gemütlichen Innern der kleinen Hütte auf einer langen Holzbank behaglich niederließ und die Schildkröte Prometheus auf die Dielen setzte, fuhr das Weiblein schweigend mit seiner Hausarbeit fort. Sie schnitt rote Beete, Kartoffeln, Kohl und Wurzelwerk klein und kochte einen Borschtsch in einem großen Kessel. Als die Schildkröte um den

Kessel krabbelte, zwinkerte sie hinab.

„Na, willst du meiner Suppe als Verfeinerung dienen, Kleines?"

„Dann würze ich die Suppe mit deinem Blut, du alte Krähe!", knurrte Loki unwirsch.

„Man braucht dich nur einmal anzuschauen, um dir das zuzutrauen.", schmunzelte die Alte. „So eine Gesellschaft soll mir recht sein. Verirrt sich ja sonst keiner zu mir..."

Loki war zunächst nicht in der Stimmung für ein Gespräch, was die Alte akzeptierte. Schweigend löffelten beide ihre Schale heiße Suppe. Sie schmeckte höllisch scharf, dass es ihm beinahe die Gedärme rausbrannte.

„Wenn du mich vergiften willst, was soll's!", grummelte er schmatzend.

„Das sind die Schlangenzungen.", murmelte sie. „Du hast die Ehre, mein neues Suppenrezept zu testen. Einen Irdischen könnte man damit wohl vergiften – nicht so einen wie dich. Hab gleich gesehen, dass du von anderem Schlag bist. Genau wie ich..."

Jetzt erst zog er den Hut ab. „Ach ja? Vielleicht hast du schon mal vom schlimmen Loki aus Asgard gehört..."

Sie räumte die leeren Suppenschalen ab. „Vielleicht hast du schon mal von Baba Jaga[vii] gehört..."

Loki dehnte seine Glieder. „Dich wollt ich schon immer mal kennenlernen. Nur leider bin ich heute ein trüber Gast unter deinem Dach..."

„Ob trüb oder nicht – mach es dir bequem.", lächelte das Weiblein gastfreundlich. „Einen weiten Weg hast du wohl hinter dir, wie man am Staub auf deinem Mantel sieht. Ich setze dir eine heiße Milch auf, wenn du magst."

Wie lange Loki keine heiße Milch mehr getrunken hatte – seit seinen Kindertagen! Danach machte er sich auf der Bank lang und schlief für mehrere Stunden. Die Hausherrin besorgte derweil ihren kleinen Haushalt und fütterte Prometheus.

Loki träumte von Rosetta. Von einem düsteren Ort aus winkte sie ihm zu. Wer tauchte da neben ihr auf? Es war doch seine Tochter Hel...

Mit einem geradezu infernalischen Schrei fuhr er auf. Er sprang zur Tür, riss sie auf – draußen umhüllten Nebelschwaden Baba Jagas Behausung...

Mit gesenktem Kopf schloss er die Tür wieder und kroch auf die Bank zurück. Er schien um Etliches gealtert! Wenn die Göttin der Jugend Iduna ihm nun die Leckerste ihrer Jungbrunnen-Früchte angeboten hätte – er besaß nicht den geringsten Appetit. Vielleicht war es besser, gar nicht mehr aufzuwachen...

Am nächsten Tag erst erzählte er seiner Gastgeberin all seine Erlebnisse – von Anbeginn seiner Verbannung an. Baba Jaga war eine geduldige Zuhörerin.

„Du kannst hierbleiben, solange du magst.", bot sie warmherzig an. „Viele Dinge, die man über mich erzählt, sind Verleumdungen. Ich war nie ein boshaftes, gefährliches Wesen. Und du, Loki, bist im Grunde auch kein übler Charakter. Der Beweis ist deine ehrliche Trauer um ein geliebtes irdisches Wesen. Du hast etwas Großartiges erlebt. Eine schmerzhafte Prüfung, die dich für immer prägen wird..."

Loki fröstelte, obwohl Baba ein knisterndes Feuer im Kamin entfacht hatte. „Ich hätte Rosetta nie begegnen dürfen."

„Wenn Dinge geschehen, hat es immer einen Sinn." Baba schälte Äpfel. „Meist erkennen wir das erst viel später. Hier ist ein guter Platz zum Trauern, allein mit den Wildgänsen inmitten der Steppe. Irgendwann wirst du den Drang verspüren, weiterzuziehen zur nächsten Lernerfahrung."

Mit ihrer großen Weisheit sah Baba Jaga die Dinge natürlich richtig voraus. Loki blieb während der strengen Herrschaft von Väterchen Frost, bis die dicke Eisdecke auf dem Schilfsee zu tauen begann. An so manchem klaren klirrend kalten Wintertag war er auf die Eisfläche gelaufen und sich vorgekommen wie in

Niflheim[viii]. In den Nächten hatte er immer wieder von Rosetta geträumt. Oft hatte sich ein Wesen an ihrer Seite manifestiert, das er eindeutig als seine Tochter Hel identifizierte.

„Bitte gib dich nicht auf!", hatte sie ihm übermittelt. „Es gibt so vieles noch zu lernen und zu entdecken für dich. Und leg dieses traurige Schwarz ab – es macht dich so fremd..."

Da er zumindest versichert war, dass Rosetta sich in Utgard in der Obhut seiner Tochter befand, beschloss er seine Wanderung fortzusetzen. Tatsächlich legte er seinen schwarzen Mantel ab. Baba hatte ihm nämlich, aus lauter bunten Flicken, einen langen Umhang genäht. Dass es keine schrillen Farben waren, kam ihm sehr entgegen.

„Nun höre gut zu: Diesen Umhang musst du immer gut in Verwahrung haben.", sprach Baba. „In Nöten kann er dir nämlich unschätzbare Dienste erweisen. Wenn du auf einen dunkelroten Flicken klopfst, wirst du unsichtbar. Klopfst du auf einen dunkelblauen, wirst du schweben können. Klopfst du auf einen dunkelgrünen, wirst du hinter alle Ecken, in dunkle Löcher sowie hinter den Horizont gucken können. Klopfst du auf dunkelbraun, wird dein Umhang doppelt so groß, wie ein Zelt!"

Beeindruckt befühlte Loki sein neues Kleidungsstück.

„Wahrhaftig eine fabelhafte Magierin bist du. Und lebst hier so versteckt und bescheiden."

Sie entblößte ihre Zahnlücken. „Zur Inspiration brauche ich ja gerade diese Abgeschiedenheit. Einsam jedoch... fühle ich mich hier nie – selbst wenn du fort bist."

„Ich lasse dir aber trotzdem Prometheus hier.", eröffnete Loki. „Er soll mein Dankgeschenk an dich sein. Sicher wird er dir nützlich sein..."

Baba umarmte den langen schlaksigen Loki. „Schildkröten sind sehr viel nützlicher als nur für Suppe. Übrigens trägt er seinen Namen voll zu Recht. Willst du dich nicht von ihm verabschieden?"

Als Loki sich zu Prometheus hinabbeugte, reckte das Tier seinen Kopf mit wachen Augen hoch.

„Nun zieh schon los, du alter Schlingel! Und pass gut auf dich auf. Ich hätte jetzt noch eine Bitte: Da du dich ja meiner angenommen hast, nachdem die liebe Rosetta nicht mehr für mich sorgen konnte, magst du dich vielleicht ja auch anderer in Not geratener Angehöriger der Fauna verwenden..."

Loki hob Prometheus hoch und schüttelte ihn liebevoll. „Schau an – sprechen kannst du! Warum hast du nicht schon mal früher mit mir geredet, hm?"

„Warst ja immer so traurig – da hab ich mich nicht

getraut…"

Lachend setzte Loki die Schildkröte wieder ab. „Ja, dann unterhalte dich mal schön mit deiner neuen Herrin. Ich werd dich nicht vergessen. Wer weiß… vielleicht verschlägt's mich ja nochmal hierher…"

Und nun stiefelte Loki rasch los, bevor so etwas wie Gefühlsduselei ihn übermannte. Schon bald war von Babas kleiner Hütte und dem Schilfsee nichts mehr zu sehen…

Er zog durch unermesslich große dunkle Wälder. An deren Ende kreuzten sich Straßen. Grübelnd blieb der Wanderer stehen.

„Hm... niemand mit grauer oder pinker Krawatte, auch keine Frau Opportuna oder Frau Idealistin. Was nu?"

Just in dem Moment fiel über ihn ein Schatten. Genau über seinem Haupt kreiste ein Adler. Loki beobachtete ihn eine Weile, bis er das Gefühl hatte, dass das Tier mit ihm zu kommunizieren suchte.

Schließlich flog der Adler über der nach rechts biegenden Straße weiter. 'Klarer Fall', dachte Loki bei sich. 'Hier geht's längs.'

Nach einem kurzen Marsch gelangte er zu einer weiteren Gabelung. Dort erwartete ihn der Adler bereits, indem er auf einem Pfosten am linken Abzweig saß.

„Aha – hier also abbiegen.", zwinkerte Loki. Die scharfen Augen des Vogels blinzelten. Wiederum erhob er sich in die Lüfte, um Loki den Weg zu weisen. Dieser führte durch eine abgelegene Gegend bis zu einem Gelände, auf dem sich niedrige langgezogene Gebäude befanden. Sie muteten wie riesige Stallungen an.

'Macht nicht den Eindruck einer gemütlichen Herberge.', dachte Loki verdrießlich. Zumal hohe Stacheldrahtzäune das Areal abschirmten. 'Was ich hier wohl soll?'

Auf dem einzigen höheren Baum in der Umgebung hatte sich der Adler niedergelassen, halb verdeckt vom Laub. Obwohl ein gänzlich wolkenloser Himmel über ihm prangte, schien es Loki, als dräue über den flachen Gebäuden eine trübe Dunstglocke; sein Instinkt wähnte Arges. Hinter dichtem Gesträuch ging er vorerst in Deckung, um die Nacht abzuwarten.

Als Dunkelheit sich über das Land gebreitet hatte, kroch er schlangengleich hervor, sich an die umzäunten Gebäude ranzupirschen. Im Lichtkegel einiger ihn blendender starker Scheinwerfer nahm er einzelne Gestalten wahr. Da also nicht daran zu denken war, von denen unbemerkt hineinzugelangen, musste nun erstmalig Baba Jagas Zaubermantel zum Einsatz kommen. Er suchte nach einem dunkelroten Flicken und klopfte darauf.

'Nun sollte ich komplett unsichtbar sein.', hoffte er, wobei er schon Anlauf nahm zu einem kühnen Satz über den Stacheldraht. Unangefochten passierte er einige finstere Gestalten und hatte gleich darauf einen Zugang ins Innere gefunden.

Er betrat Hallen, die ihn sogleich an sein Laboratorium in Asgard erinnerten – allerdings um ein Vielfaches geräumiger! Was hier wohl zusammengemixt wird, fragte er sich hochneugierig. Hier und da nahm er ein

Gefäß hoch, um am Inhalt zu schnuppern. Das alles fesselte seine experimentierfreudige Natur ungemein! Da konnte man wahrhaftig die Zeit vergessen! Dennoch... irgendetwas drängte ihn weiter, raus aus diesem gigantischen Labor, weiter in die übrigen Gebäudeteile...

Hier fand er keine Labors; stattdessen reihten sich enge Käfigboxen aneinander. In ihnen vegetierten gefangene Tiere – Hunde, Katzen, Hasen, Äffchen. Jämmerliche Kreaturen, die ihn alle mit derselben Bitte in den Augen empfingen: Hol mich hier raus!

Grauen kroch ihm das Rückgrat hoch, als er einen der Käfige öffnete, aus dem ihm ein kleiner Hund entgegentaumelte, schwach und verkümmert! Aus der nächsten Box kroch ein halbtotes Äffchen mit verquollenen Augen. Es hatte gerade noch die Kraft, ihm seine Leidensgeschichte zu erzählen:

„Man hat uns gefangen, um schreckliche schmerzhafte Versuche an uns durchzuführen. Man zwingt uns, Dinge zu essen und zu trinken, die unser Leib nicht verträgt, und an denen wir qualvoll verenden..."

„Aber wieso tut man euch das an?", schüttelte Loki fassungslos den Kopf.

Das bereits befreite Hündchen leckte ihm die Hand. „Um Flüssigkeiten herzustellen, mit denen sich die Menschen ihre Haut einreiben, um jünger auszusehen.

85

Oder für Nahrung gegen Krankheiten..."

Fast standen Loki seine strähnigen Haare zu Berge! Man quälte Tiere für Cremes und Parfüms? Seine berühmte Antifaltencreme war aus einem Rezept hervorgegangen, das genau wie seine Farbkreationen gänzlich ohne solchen Horror zustande gekommen war. Freilich – manche der vielfältigen Pflanzen Asgards hatten dafür dran glauben müssen. Und ein paar Schlangen waren gemolken worden...

Auf einmal löste er sich aus seiner Erstarrung, sauste durch die düsteren Gänge und hatte im Nu sämtliche Käfigtüren aus den Angeln gerissen. Manche der Insassen schafften es nicht einmal mehr aus eigener Kraft heraus! Zu seinem Entsetzen entdeckte er noch eine solche „Gefängnishalle", durch die er ebenfalls wie ein Wirbelwind fegte. Schließlich hatte er eine Unzahl befreiter Kreaturen um sich geschart. Nur wie diese Masse unbemerkt nach draußen in Sicherheit schaffen?

'Ha – als hätte Baba Jaga an alles gedacht!', durchfuhr es ihn. Mehrmals klopfte er auf einen dunkelbraunen Flicken, bis sein Mantel groß genug schien, sämtliche geretteten Tiere zu bergen. Diesen Riesenmantel packte Loki zu einem Bündel, klopfte dann auf einen dunkelroten Flicken und marschierte komplett unsichtbar von dannen – weg von diesem Ort des Grauens!

Am Ufer eines kleinen Sees entfaltete er schließlich sein Gepäck und stellte fest, dass ein Drittel der Geretteten vor Schwäche verendet war!

„Der Gipfel an Abartigkeit!", tobte Loki. „Da möchte man... da möchte man doch glatt die Midgardschlange wachtrommeln! Hätte mir nie vorgestellt, dass die Midgardianer mich an Fiesheit toppen könnten – dagegen seh ich alt aus, wahrhaftig..."

Währenddessen hatten die noch lebenden Tiere sich ans Wasser geschleppt, um erstmal ausgiebig zu trinken und am frischen Gras ringsum zu knabbern. Einige kuschelten sich danach dankbar an Loki und räkelten sich rings um ihn.

„Werd euch schon wieder aufpäppeln! Willkommen zurück in der Freiheit! Wer Kraft genug hat, rette sich in die tiefen Wälder! Und lasst euch bloß nicht wieder einfangen! Haltet euch am besten ganz fern von den Midgardbewohnern!"

Einige Katzen hatten bereits wieder die Kraft, in hohe Baumwipfel zu klettern oder auf Mäusefang zu gehen. Hunde nahmen Wildfährten auf – weg waren sie! Loki hingegen zog mit etwa einem Dutzend Schützlingen auf eine nahezu unbewohnte Insel an nördlichen Gestaden. Alle miteinander verlebten sie dort eine unbeschwerte Zeit. Sehr, sehr oft weilten Lokis Gedanken bei Rosetta und Prometheus, die ihn so verwandelt hatten. Manchmal besuchte seine einstige Liebe ihn im Traum, um ihn für etwas zu loben oder auch mit ihm zu schimpfen. Einmal fragte sie ihn, ob er denn jemals wieder Magenta tragen würde...

'Das hab ich mir übergeguckt.', gestand er ihr. 'Irgendwie passt es nicht mehr zu mir! Wenn ich daran denke, was für eine alberne Witzfigur ich darin abgegeben hab..."

'Aber du gedenkst doch nicht ein trauriger Einsiedler zu bleiben.", zeigte Rosetta sich besorgt. „Deine Tochter Hel und ich – wir fänden das sehr schade..."

„Ach – ausgerechnet Hel, der olle Grufti!", gab er zurück – und lachte auf einmal herzhaft! So ein Lachen war ihm lange nicht mehr gelungen.

„Keine Sorge, Rosi – ich werde nicht wie Doktor Frankensteins Kreatur, so verbittert und voller Groll! Vielleicht wäre ich das geworden, hätte ich dich nicht getroffen. Ich werde auch nicht so spinnert wie Doktor Faust, keine Sorge..."

Er hatte sich vorgenommen, so lange auf der Insel zu leben, bis alle Tiere entweder ihn aus eigenem Antrieb verlassen hatten oder friedlich gestorben waren. Für sich und seine Schützlinge kochte er gerne Borschtsch – doch es dauerte, bis der so gut gelang wie in Baba Jagas Kochstube. Zuweilen wandelte er ihr Rezept ab mit einigen sehr fantasiereichen Zusätzen.

Eines Tages schaute ein merkwürdiger Geselle in seiner Einsiedelei vorbei. Er war beeindruckend groß und hatte vier Gesichter auf einem Hals!

„Was bist denn du für einer?", begrüßte ihn Loki forsch. „Vor dir kriegen ja meine Kätzchen und Hündchen Angst!"

„Von deinen Kätzchen und Hündchen könntest du mir mal eines opfern!", entgegnete der seltsame Besucher leicht vorwurfsvoll. „Hast dich hier einfach in meinem Revier eingenistet, ohne mir bisher Reverenz zu erweisen! Ganz schön unverschämt, find ich..."

„Vor lauter Borschtsch-Kochen und Tierpflege komm ich zu kaum was sonst!", entschuldigte sich Loki, wobei er den Kochlöffel ableckte. „Komm doch rein und setz dich. Willst du ein Süppchen mit mir zusammen essen?"

„Das nehm ich gern statt eines Opfers.", lachte der Gast. „Ich bin nämlich der Svantevit[ix] – wer mir sympathisch ist, kann auch Svante sagen."

Loki dämmerte was. „Warst du nicht mal bei uns in Asgard zu Besuch?"

„Das ist schon ne Ecke her.", überlegte Svante. „Übrigens brauchst du dich mir nicht groß vorstellen. Hat sich in diesen Breiten nämlich rumgesprochen, dass Flegel Loki in Verbannung lebt!"

Loki wollte ihm heißen Borschtsch in eine Schüssel füllen, da hatte Svante ihm bereits sein riesiges Trinkhorn entgegen gestreckt. „Ist zwar noch ein Rest Wein drin, doch gieß ruhig drauf. Ich liebe Borschtsch! Könnt ich drin baden!"

Im Nu hatte er sein Horn leergeschlürft. Unverzüglich goss Loki nach. Der hatte mehr Appetit als Hammerwerfer Thor!

„Hast du eventuell noch etwas Honigkuchen zum Nachtisch?", fragte er nach vier Hornportionen (für jedes Maul eine!). Zum Glück hatte Loki.

„Ebenfalls selbstgebacken; lass dir's schmecken."

„Es ist nämlich so," erläuterte Svante nach einem mächtigen Rülpser. „Die Leute hier opfern mir nicht mehr regelmäßig. Sie kommen immer seltener zu meinem Tempel, und wenn, dann legen sie da nur abgelaufene Kekse ab..."

„Ziemlich respektlos." tröstete Loki. „Vielleicht aber können die Leute hier es sich nicht mehr leisten, dir einen Fresskorb als Tribut zu entrichten..."

„Ach, denen geht's gut genug. Vielmehr sieht's so aus, dass man die mir entfremdet.", klagte Svante sein Leid. „Andere kommen her und beschimpfen mich als Götzen. Also trauen sich die Einheimischen nicht mehr recht, sich an meinem Tempel einzufinden. Was waren das schöne Zeiten damals, wenn dort Gelage gefeiert wurden zu meinen Ehren!..."

Loki versorgte seinen Gast mit Wein. „Wir Asen kennen das Problem. Auch über unsereins wird in Midgard geschludert. Uns verehrt man auch immer nachlässiger. Mancher ist der Meinung, viele Götter wären Verschwendung, und man könne alles in einem Gott zusammenschmeißen..."

Svante nickte überaus betrübt. „Eigentlich schön, dass ich wenigstens dich zum Plaudern hab. Bleib doch hier als mein Zechkumpel!"

'Kann ja heiter werden!', dachte Loki bei sich. 'Wenn ich für den mitkochen und mitbacken muss! Das ist ein Fass ohne Boden. Aber drollig, mit seinen vier Visagen...'

Da sich der alte Schalk in ihm tatsächlich zurückmeldete, beschloss er, ein Skandalbuch über seine göttliche Sippe zu schreiben! Er gab ihm den Titel „Asgard – das Enthüllungsbuch" - Untertitel „Ein Käfig voller Neurotiker".

Nun begann er mit einer fabulösen Vorgeschichte der Götterdynastie:

„Die Asen heißen Asen, weil sie aus Asien stammen. Eines Tages von fatalem Größenwahn befallen suchten sie das Reich der Mitte, China, zu erobern. Doch da hatten sie sich mächtig verrechnet! In weiser Voraussicht hatte Konfuzius nämlich die große, lange Chinesische Mauer bauen lassen! So sehr die Asen dagegen anrannten, bis ihre Helme ganz verbeult waren – schließlich verloren sie den Mumm. Als die Chinesen von oben noch Eierhandgranaten wider sie warfen, rückten sie endlich frustriert ab. Sie zogen nach Aserbaidschan. Allerdings dauerte es nicht lange, da passte ihnen auch dort irgendetwas nicht, und weiter ging's ans Asowsche Meer. Eine Zeitlang ließen sie es sich dort gutgehen. Dann aber dehnte sich das Oströmische Reich immer weiter aus, und unsere Mietnomaden mussten letztendlich in den kalten Norden ausweichen. Dort flößten sie allen Einwohnern solche Angst ein, dass man ihnen ewiges Wohnrecht gewährte. Wo sie sich breit machten, ging bald der Punk ab. Seitdem wurde gelästert:

„Aas kommt von Asen!"

Daraufhin taten sie erstmal einige Zeitalter nix Besonderes mehr – außer dass sie Kartenspiele erfanden, deren wichtigste Trumpfkarte das As ist. As kommt also von Asen!

Wenn sie etwas toll fanden, sagten sie „astrein!"

In Asbach erfanden sie einen Schnaps.

Außerdem verspeisten sie gerne Aspik. Schlange in Aspik.

In ihrem Clan gab es bisher keinen Asperger. Dennoch kann jeder von denen die gesamte Edda vorwärts wie rückwärts aufsagen.

An sie wanzte sich bald der Wanen-Clan. Auch ganz nett, aber Vorsicht: Wahn kommt von Wanen! Sie lieben die Liebe, gutes Essen und vor allem – Fortpflanzung!!

In grauer Vorzeit hatten die Wanen einen Ort aufgestöbert, wo sich drei gigantische Maulwurfshügel bis auf den heutigen Tag befinden. Ein Wane (welcher, weiß ich nicht mehr) stolperte volltrunken über einen dieser Hügel und rief erschrocken aus: „Uppsala!" Da dies ein denkbar günstiges Omen schien, bauten sie dort eine Residenz mit heiligem Bezirk. All dem gaben sie (wer hätt's gedacht) den Namen Uppsala...

Bleiben wir erstmal bei den Asen: Odin, der Pate, sitzt mit dem erlauchten Haupt in Wolken gehüllt, alldieweil ihm seine Mätressen die Riesenquanten pediküren.

Frigg, seine Angetraute, ist manchmal ein wenig frigide. Ihre besten Kaffeeklatsch-Freundinnen heißen Hera und Juno aus dem sonnigen Süden.

Kraftmeier Thor kramt meistens nach seinem Wunderhammer Mjöllnir – oder trainiert in der Muckibude. Manchmal hat er allerdings seinen sozialen Tag, und dann guckt er rum, wo er einem kranken oder altersschwachen Bäuerlein beim Ausmisten seines Stalls helfen kann. Als Bube zog er immer mit Herkules rum, und sie gaben mit ihrem Bizeps bis zum Erbrechen an.

Tyr ist ein etwas kleinkarierter Winkeladvokat. In seiner Jugend war er mit der spröden Italienerin Iustitia liiert. Als sie mal händchenhaltend durch den Wald spazierten, kam ein tollwütiger Wolf daher und biss Tyr die Hand ab, als er seine Geliebte schützen wollte. Er ist ein Kavalier alter Schule und geschätzter Rechtsbeistand des Asen-Clans.

Über Loki gibt's leider wenig zu sagen, da er ja eigentlich gar nicht zum Asengeschlecht zählt (als einstmals von Papa Odin adoptiertes Kindlein). Daher hat seine Angetraute Sigyn einen ordentlichen Minderwertigkeitskomplex, vor allem sobald sie sich mit Frigg vergleicht. Nun steht aber mal Frigg als Odins Gattin ganz oben in der Clan-Hierarchie – und mit

Dingen, die man nicht ändern kann, sollte man sich irgendwann abfinden, basta..

Jede Sippe hat ein dämliches Mitglied. Bei den Asen ist das Baldur, einer von Odins zahlreichen Söhnen. Wahrscheinlich deshalb ist er everybody's darling respektive Muttis Liebling. Baldur weiß es jedem recht zu machen. Baldur wird nie aufsässig. Wo Baldur ist, scheint die Sonne der Harmonie. Wenn man Baldur ins Hinterteil kneift, bedankt der sich noch. Das versteh einer...

So, nun wäre es an der Zeit, auch noch ein bisschen über die Wanen herzuziehen: Beginnen wir mit dem guten Frey, der verglichen mit Supermacho Odin eher von der gemütlichen Sorte ist. Dafür ein ganz schöner Lustmolch! Ein Freund der Freikörperkultur, dem ich deshalb ja auch am FKK-Strand begegnete. Ein bisschen Narziss ist er schon, geradezu in sein wertvollstes Körperteil vernarrt. Mit Frey Streit zu kriegen ist ganz schwer. Gutes Essen geht ihm über alles, und dazu ein edler Tropfen – perfekt!

Sein Schwesterlein Freja – die kann schon mal zickig werden, wenn sie auf einer Asgard-Modenschau nicht den ersten Preis einheimst! Oder wenn ihr Frigg die Show zu stehlen versucht. Dann ist Zickenkrieg angesagt. An Attraktivität und Geschmack kann ihr eindeutig keine das Wasser reichen – daher bestimmt auch sie die Modetrends. Und sie hat noch einen Rekord erreicht: Indem sie sich mit beinahe jedem männlichen Asen, ja sogar mit ihrem eigenen Bruder, verlustiert hat. Die Madame Pompadour von Asgard!

Da wäre noch Ehepaar Njörd und Skadi. Die führen seit Ewigkeiten eine Wochenendbeziehung. Weil sie das Meer verabscheut, lebt Skadi immer ein paar Tage in den Bergen, wo sie nach Herzenslust auf Skiern rumdüst. Da Njörd das nicht mag, behält er seinen Hauptwohnsitz an der Küste. Wechselweise besucht der eine den anderen. Auch ihre Kinder wohnen mal bei Papa, mal bei Mama. Find ich eine praktische Lösung...

Heimdall hat manchmal einen Knall. Der besucht gern Midgardbewohner, bei denen er sich für eine Nacht einquartiert. Neun Monate später kriegen seine Gasteltern jedes Mal Nachwuchs! Ich habe ihn mal gefragt, wieso er so gern Kuckuckseier in Midgard verteilt. Seine Antwort: Ich gehe nur in Familien, wo's mit dem Kinderwunsch einfach nicht klappen will. Soso...

So viel zu den wichtigsten Mitgliedern dieser Super-Dynastien, die über allem walten. Die haben alle etwas an der Hacke, genau wie Midgards Promis. Oh je, da hab ich doch so beim Plaudern aus dem Nähkästchen glatt noch wen vergessen...

Nämlich die geheimnisvollen Nornen, unsere drei Schwestern Urd, Verdandi und Skuld. Es handelt sich um Großmutter, Mutter sowie Tochter. Dieses Trio erfüllt sozusagen die Funktion einer französischen Concierge. Sie haben nämlich ihre Wohnstatt im Erdgeschoss von Asgard, am Wurzelwerk der riesigen Yggdrasil-Welteneesche. Dort sitzen sie und haben wirklich alles im Blick. Als Schicksalswächterinnen unterstehen sie tatsächlich niemandem in Asgard – nicht einmal Oberboss Odin! Diese Damen sind absolut unbestechlich. Abgesehen davon, dass sie den Weltenbaum pflegen und dafür sorgen, dass seine Wurzeln niemals vertrocknen, spinnen sie eifrig die Schicksalsfäden eines jeden lebenden Wesens! Was für eine Leistung! Außenseiterinnen, vor denen jeder in Asgard hohen Respekt hegt, und die sich aus sämtlichen Ränkespielen und Liebesaffären konsequent raushalten. Laut lachen hat man die Drei noch nie hören – sie konversieren stets mit gedämpfter Stimme, und der Humor ist bei denen auch nicht zu Hause. Wenn sie ausruhen vom Fädenspinnen, spielen sie Tarot oder legen Patiencen.

Kapitel 2:

Wie die Asen ein Stockwerk höher zogen in ihr Asgard

Irgendwann geschah das Unausweichliche, und ein noch maßloserer Größenwahn befiel ihre Gemüter. Da sie es nicht mehr ertrugen, unter den gewöhnlichen Sterblichen von Midgard zu weilen, bauten sie sich mit der Bifrostbrücke einen Zugang in höhere Gefilde...

Ausgerechnet als er so schwungvoll an der Arbeit war, klopfte es an die Tür seiner Behausung. Loki seufzte tief.

Tatsächlich war es, wie befürchtet, Vielfraß Svante. Schon wedelte er mit seinem überdimensionalen Trinkhorn.

„Gibt was zu feiern, Kumpel!"

Loki zuckte die Achseln. „Dummerweise ist mir gerade der Wein ausgegangen."

„Ne heiße Milch tut's ja auch ausnahmsweise.", grinste Svante gutgelaunt.

„Hast Glück, dass ich grad die hier rumweidenden Ziegen gemolken habe.", brummelte Loki, einen Eimer Ziegenmilch vor dem Gast schwenkend. „Das wird doch wohl reichen..."

„Für jedes Mäulchen ein kleines Schlückchen!", frohlockte Svante. Dann hielt er Loki zwei kleine Papierkärtchen entgegen. „Weißt du, was das ist?"

„Also, nach Spielkarten sieht's nicht aus..."

„Das sind Tickets! Für eine Kreuzfahrt auf dem größten Schiff der Welt – der Bombastic!"

„Schau an! Wer hat dir die denn verehrt?", horchte Loki höchst neugierig.

„Stell dir vor, die lagen auf dem Opferaltar des mir

geweihten Tempels! Mal was ganz Besonderes..."

Loki runzelte die Stirn. „Und wenn die bloß jemand da hat liegen lassen?"

„Bestimmt nicht – so offensichtlich, wie die da platziert waren!", ereiferte sich Svante. „Jemand hat endlich mal wieder meiner liebevoll gedacht!"

Irgendwie schien Loki die Sache nicht geheuer. „Aber man opfert doch keine Schiffstickets. Was soll denn ein Gott, zumal ein so verfressener wie du, mit so was?..."

Der Gast blinzelte verstört. „Also hör mal... nur essen und saufen ist doch auf Dauer ziemlich öde. Eine Schiffsreise hingegen..."

„... unter lauter Midgard-Schnarchnasen ist auch nicht viel spannender!", versicherte Loki. „Vor allem wenn kinderreiche Familien da mitfahren! Da blökt pausenlos irgendwo ein Kind: 'Mamaa – ich muss mal! Papaa – mir wird schlecht!'..."

Svante begann zu kichern. „Also, ich mag Kinderchen für mein Leben gern! Da freu ich mich ja erst recht auf so ne Kreuzfahrt..."

Loki verdrehte nur die Augen, während sich sein Gast vor Begeisterung gar nicht mehr einkriegen wollte.

„Aber so eine Reise macht nur Spaß mit einem guten Freund an der Seite! Darum," strahlend legte er dem konsternierten Loki den Arm um die Schultern, „möcht ich dich herzlich einladen, mitzukommen! Du bist doch sicher auch froh, mal hier rauszukommen..."

Loki stöhnte. Auch das noch!

„Wer soll sich dann um meine lieben Vierbeiner kümmern?", grummelte er. „Ohne mich verhungern die doch vor Kummer!"

„Jetzt sei nicht albern!", lachte Svante. „Denen stellst du einfach Futter für ein paar Wochen hin. Oder ich frag mal rum, wer auf die aufpassen möchte."

Mist – die Ausrede ist dahin!, ärgerte sich Loki.

Svante drückte ihm ein Ticket in die Hand. „Bewahr das bloß gut auf! Aber es geht ja bald los – in einer Woche!"

„Du scheinst dich ja kaum halten zu können vor Reisefieber!", staunte Loki. „Magst du denn nicht lieber mit deiner holden Gemahlin fahren?"

Der Gast winkte ab. „Ach, die ist nicht sehr amüsant! So eine Seereise ist außerdem, find ich, Männersache! Da will man es doch mal krachen lassen..."

„Meinst du denn," kamen Loki neue Bedenken, „dass man dich auf dieser Bombastic mit deinen vier Gesichtern überhaupt mitfahren lässt?"

Svante schüttelte sich vor Lachen. „Wieso nicht, wenn ich im Besitz eines sicher teuren Tickets bin?"

„Also, ehrlich gesagt... ich find's schon ein wenig merkwürdig, dass dir Schiffstickets auf den Opferaltar gelegt wurden.", sinnierte Loki.

„Und ich find's überaus originell!", jubelte Svante. „So, nun her mit der Milch! Mach sie schön heiß – und dann stoßen wir an auf unser Abenteuer!"

Loki tat wie geheißen. „Dein Glück, dass auch noch ein Rest Honigkuchen da ist..."

„Heut ist halt mein Glückstag!", hüpfte sein Gast im Kreis, während die vier Gesichter auf seinem Hals rotierten, bis Loki schwindelig wurde. Als Svante sein Horn Milch geleert und dazu die vier Mäuler mit Kuchen vollgestopft hatte, sank er endlich auf die fellbelegte Bank.

„Weißt du, Loki, für mich wird's echt Zeit, hier mal rauszukommen! So vieles, worüber sich unsereins in letzter Zeit ärgern musste. Zum Beispiel über diesen neuen dänischen Bischof von der Konkurrenz der Eingöttler! Diesen... Absalon! Schon der Name allein..."

„Was haste mit dem zu schaffen?", horchte Loki.

„Na, der sucht mir das Volk zu entfremden!", empörte sich Svante. „Stell dir vor – einen slawischen Fressgötzen schimpft der mich!"

Loki hätte beinahe aufgegluckst. Ein bisschen war da was dran.

„Ach," klopfte er dem Gast die Schulter. „Wenn ich mir aus alldem, was in Midgard so über mich gelästert wird, was machen würde! Und nun bin ich sogar aus Asgard rausgeflogen! Am Anfang hat mich das gekratzt, doch mittlerweile zeig ich denen da oben ne lange Nase..." Und tat's!

„Nen cooleren Kumpel find ich bestimmt nirgends!", begeisterte sich sein Gast. „Wir werden die Bombastic von unten bis oben richtig aufmischen – von Backbord bis Steuerbord, vom Bug bis zum Heck..." Er hielt inne. „Vielleicht fahren ja ein paar von euren berühmten Seekönigen da mit. Ragnar Leuteschreck zum Beispiel..."

Loki verdrehte die Augen. „Bloß nicht welche von diesen Machos! Aber die pupsen ja lieber Walhalla voll, an des großen Odins Tafel! Die sind kaum so blöd, nochmal ihren Fuß nach Midgard zu setzen, bei den Walkürenfreuden, die sie genießen!"

Svante strahlte über alle vier Münder. „Ich könnt mich selber auffressen vor lauter Vorfreude!"

„Wenn du zwei deiner Visagen auffrisst, haste immer noch zwei.", kommentierte Loki lässig.

Die Miene seines Gastes trübte sich plötzlich ein. „Hoffentlich... hoffentlich fährt dieser Bischof Absalon nicht ausgerechnet mit..."

„Ja, und wenn..." Loki schmunzelte diabolisch. „Dann kannst du dich an dem rächen für die Beleidigungen, die er wider dich ausstößt."

„Ins Meer schmeißen!" Svantes vier Augenpaare leuchteten. „Hoffentlich... hoffentlich fährt Absalon da mit..."

Als der Gast sich endlich verabschiedet hatte, kehrte Loki zu seinem Manuskript zurück. „Ich muss das bis in einer Woche fertigstellen. Denn auf dieser Bombastic wird man zu rein gar nix Vernünftigem kommen, dank meinem Reisekumpel..."

Nur drei Tage später stand Svante von Reisefieber förmlich verzehrt vor Lokis Behausung. Mürrisch ließ der kaum ausgeschlafene Ase ihn rein.

„Sagtest du nicht, es würde erst in einer Woche losgehen?"

„Aber ich halte es einfach nicht mehr aus!", hampelte Svante vor ihm rum. „Stell dir vor, wir brechen zu spät auf, und die Bombastic hat ohne uns abgelegt..."

Gelassen zuckte Loki die Achseln. „Ja und? Wir sind doch Götter, mein Freund. Mach dich mal locker!"

Sein göttlicher Kumpel schnaufte. „Ich bin ein Gott – du hingegen ein verbannter Ase, seiner göttlichen Fähigkeiten im Moment beraubt, oder irre ich mich da? Du kannst also nicht einfach der Bombastic hinterher schweben und schwupp, auf ihrem Oberdeck landen. Es hat sich nämlich rumgesprochen, dass du deiner magischen Schuhe verlustig gegangen bist, tjaja..."

Loki schwoll der Kamm. „Erinner mich nicht daran! Das war Tyrs Intrige!"

„Wie auch immer – während ich schweben und zaubern kann, bist du momentan nix Besseres als ein Erdenbewohner. Auf der Reise gen Cuxhafen könntest du mir daher ein Klotz am Bein werden.", befürchtete Svante.

„Na gut, dann zieh ohne mich los!", versetzte Loki

patzig.

Worauf ihm der Kumpel mit demütiger Miene zu Füßen fiel. „So war das doch nicht gemeint! Ich reise nur mit dir – oder gar nicht!"

Loki verdrehte die Augen. Mit so einer Nervensäge verreisen – wenn das bloß gut ging...

„Wir fahren nur unter einer Bedingung ab – dass du jemanden organisierst, der sich um meine Tierchen kümmert!" Erregt tigerte Loki in seiner Behausung auf und ab. Auf einmal sprang eine seiner Katzen aus dem Dachgebälk ihm zu Füßen.

„Also, was uns Katzenvolk angeht – wir versorgen uns ganz prima selber mit Mäuschen und Ratten, die ja hier reichlich vorhanden sind. Wegen uns nur keine Umstände."

Loki kniete sich vor einen betagten Hund, der immer neben seinem Ofen ruhte. „Du bekommst eine ganz liebevolle Betreuung, versprochen!"

Der Hund blinzelte zu ihm auf. „Sag den Kindern auf dem benachbarten Hof Bescheid; die übernehmen das gern."

Nun trommelte Loki noch einige Hasen und Kaninchen zusammen. „Kommt ihr mal einige Zeit ohne mich klar?"

„Wieso nicht? Es ist ja Sommerzeit, und da wächst hier auf der Insel genug für uns.", versicherten die

Langohren. „Wir wünschen dir eine gute Reise, Alter!"

Schließlich suchte Loki noch ein Äffchen, das er in einer alten Weide nahe seinem Häuschen fand, wo es munter rumturnte.

„Mephistopheles? Ich mach ein wenig Urlaub und möchte dich bitten, meine Hütte währenddessen nicht allzu sehr zu verwüsten!"

Das Äffchen kratzte sich am Hintern. „Kann ich nicht mitkommen?"

„Ungünstig – wir machen nämlich eine Seereise!", bedauerte Loki.

„Dann bring ein paar gute Bananen mit!", bat Mephistopheles.

„Wird gemacht – unter der Bedingung, dass du die wenigen Inselbewohner mit deinem Schabernack verschonst und auf die anderen Kleinen aufpasst! Geht das klar?"

Mephistopheles gähnte. „Bleib bloß nicht zu lange weg! Bei Langeweile kommen mir nämlich immer dumme Einfälle..."

'Wie seelenverwandt er mir ist.', grinste Loki in sich rein. Beruhigt, die Sache mit seinen Schutzbefohlenen geregelt zu haben, packte Loki ein paar Sachen zusammen.

„Was willst du denn da mitschleppen?", wunderte sich Svante. „Ich nehm nichts mit."

„Wer vier Mäuler hat und einen 360°-Blick, der braucht wohl auch nichts weiter!", brummelte Loki. Er breitete Baba Jagas Patchworkdecke vor seinem Kumpel aus. „Von wegen, nicht zaubern können! Das Mäntelchen vermag so manches, mein Lieber! Deshalb kommt es mit auf die Reise. Für alle Fälle..."

Svante hob die Brauen. „Ich dachte, das wär deine Heizdecke..."

„Auch für so was ist die gut.", schmunzelte Loki. „So, auf geht's!"

„Wollen wir den halben Honigkuchen und den Rest Borschtsch da auf deinem Herd nicht auch mitnehmen?", fragte Svante. „Wär doch schade drum..."

„Das bleibt für meine Kleinen hier!", befand Loki. „Als Vorrat, den sie sich brüderlich und schwesterlich teilen können."

Und nun brachen sie auf. Bis Cuxhaven, wo die Bombastic ablegen sollte, war es nämlich ein recht weiter Weg.

Ganz Asgard war platt!

„Ist das wirklich Loki – der sich da eben so rührend und mitfühlend von seinen vielen Tierchen verabschiedet hat?", staunte Freya.

„Mein Loki!", seufzte Sigyn. „Ich ahnte es ja schon immer – dass es da diese andere Seite in ihm gibt..."

„... die er nur sorgfältig vor uns allen verborgen hielt!", schmunzelte Tyr.

Einzig Baldur schaute finster drein. „Den Fehler mach ich nicht mehr, dem zu trauen! Der tut nur lieb, weil er auf dieser Insel sonst keinen hat – außer diesem durchgeknallten Svantevit..."

Behaglich räkelte sich Odin in seinem Thron. „Wer so viel frisst und säuft wie Svante, ist bald umnebelt und geht jedem auf den Leim. Damit mein ich nicht Loki."

Thor grinste. „Schon klar, was du meinst. Loki hatte ganz recht, sich zu wundern, wie solche Schiffstickets auf einen Opferaltar kommen..."

„Geschieht dem alten Vielfraß recht.", tuschelte Frigg mit Frey. „Als der letztens bei uns zum Mahl eingeladen war, hat der seine vier Mäuler so was von gestopft... war schon unverschämt!"

Frey nickte. „Glatt weggesoffen hat der mir meinen Lieblingswein!"

„Die Passagiere dieser Bombastic tun mir jetzt schon leid!", lachte Thor.

„Vor allem wegen Loki!", kicherte Freya. Nun aber schritt Sigyn ein.

„Jetzt aber Schluss mit eurem gehässigen Geläster! Es geht immerhin um meinen Gatten!"

Tyr hob die Brauen. „Verzeihst du dem, was er in diesem Asgard-Buch über uns gestänkert hat?"

„Diese ganzen Unverschämtheiten traut der sich doch nicht zu veröffentlichen. Wetten?", meinte Heimdall.

„Und wenn doch?", brummte Thor. Alles schaute zu Odin.

„Nun warten wir das mal gelassen ab.", beschied der Göttervater. „Nach seiner großen Kreuzfahrt hat er es vielleicht ganz vergessen."

„Glaubst du? Das Manuskript hat er jedenfalls mitgenommen.", sprach Baldur düster. „Hoffentlich sinkt die Bombastic mit Mann und Maus..."

Alles starrte ihn entsetzt an.

„Äh... sorry... meinte das nicht so!", stammelte der blasse Baldur. „Aber wenigstens ein Sturm soll ihn mitsamt seinem Manuskript durch die Lüfte wehen und in Jotunheim[x] absetzen!"

Sigyn funkelte ihn zornig an. „Da zeigt Muttis Liebling

mal sein wahres Gesicht..."

„Der bringt diese verleumderischen Schmierereien schon nicht raus, weil er so blöd nicht ist, es sich mit seiner Sippe ganz zu verderben.", zeigte sich Thor überzeugt. „Wahrscheinlich hat er sich einfach nur seinen Frust von der Seele geschrieben."

„Welcher Blödmann liest überhaupt solchen zusammengefaselten Mist?", zuckte Frigg die Schultern. „Die Edda bleibt die Edda..."

Währenddessen zogen nun Loki und sein Reisegefährte Svante ihres Wegs Richtung Cuxhaven. Dabei durchquerten sie manch riesiges Waldgebiet. Eines davon kam ihnen besonders schaurig vor.

Andauernd guckten sie sich um, als ob jeden Moment ein Monster oder böser Troll hinter den Ungetümen von Bäumen hervorspringen könnte.

„Weißt du, was mir schon die ganze Zeit auffällt?", wisperte Loki schließlich. „Hier hört man keinen einzigen Vogel singen."

„Und das Laub wirkt so welk – obwohl wir gerade Hochsommer haben.", nickte Svante. „Womöglich ist das ein verhexter Wald. Lass uns den bloß schnell hinter uns bringen! Fehlte noch, dass irgendwelche Zwischenfälle unsere Reise behindern…"

Auf einmal gabelte sich der Weg. Ratlos hielten beide im Marsch inne. Und zu allem Überdruss stiegen von überall Nebelschwaden auf, zusammen mit einem modrigen Geruch.

„Weder der eine noch der andere Weg machen einen verlockenden Eindruck." Loki kratzte sich am spitzen Kinn. „Wat nu? Doch – Moment mal!"

Auf Baba Jagas Mantel suchte er einen grünen Flicken und klopfte drauf. Was sich ihm eröffnete, war für beide Wegstrecken allerdings trostlos.

„Über Meilen nichts als Einöde und Wildnis, scheußliche Moore... allerdings scheint da auf der rechten Route so was wie ne Ansiedlung zu sein – so weit man das durch den Nebel ausmachen kann...“

Nach kurzer Beratung votierte man also für die Route rechter Hand. Unwillkürlich musste Loki an die Geschichte mit der Weggabelung denken, die einstmals der Talente-Coach den Studenten nahegebracht hatte. Womöglich hatten sie gerade den Opportuna-Weg eingeschlagen. Na, das konnte heiter werden...

Nach einer kurzen Strecke gelangten sie in offenes, kahles Gelände. Um sie herum wurde es immer nebliger und unwirtlicher. Bis sie an einem schmiedeeisernen Tor anlangten, von dem sich rechts wie links ein hoher Metallzaun wegbewegte. Dort stoppten sie zu einem weiteren Palaver – bis Loki etwas auffiel. Über ihnen prangte am Tor etwas Geschriebenes. Seine Augen verengten sich.

„Irre ich mich – oder steht da: Arbeit macht frei?“

„Wie bitte? Wer erlaubt sich denn so blöden Spaß?“, rief sein Begleiter aus.

„Schscht! Da kommt wer!“, stieß ihn Loki an. Tatsächlich bewegten sich durch den Nebel mehrere Gestalten hinter dem Zaun auf sie zu, deren Silhouetten ihnen suspekt vorkamen. Geistesgegenwärtig warf Loki die Zauberdecke über

112

sich und Svante. Die Gestalten näherten sich dem Tor, wo sie kurz stehenblieben. In ihren Händen hielten sie irgendwas, das ein starkes Licht in die Umgebung warf. Schließlich marschierten sie entlang dem Zaun murmelnd weiter.

„So, wie es aussieht, haben die von uns rein gar nix mitgekriegt.", wisperte Svante.

„Weil wir eben komplett unsichtbar waren.", grinste Loki. „Irgendwie ist mir das nicht geheuer, und ich hätte Lust, da mal einen kurzen Blick reinzuwerfen..."

„Aber das hält uns doch nur auf!", protestierte Svante.

„Nur ganz kurz." Loki stand nämlich eine bestimmte Schreckensvision vor Augen: Dass da hinter dem Zaun auch wieder ganz viele arme Vierbeiner eingesperrt ein jämmerliches Dasein fristeten...

Von Baba Jagas Decke unsichtbar gemacht meisterten sie den Zaun und erkundeten in aller Eile das offenbar riesige Gelände. Aus dem Nebel, der sich mittlerweile mit der heraufziehenden Dunkelheit mischte, schälten sich endlich Baracken. Eine unsagbar düstere Stimmung ging von diesem Ort aus. Schon befanden sie sich innerhalb der Gebäude. Diesmal trafen sie jedoch nicht auf Tiere in Käfigen, allerdings ähnlich armselige ausgemergelte menschliche Gefangene. Diese trugen gestreifte Häftlingskleidung. Kaum dass Svante unter den Unglücklichen Kinder entdeckte, wich seine Ungeduld einer empathischen Aufwallung.

Als sie den Zaubermantel abstreiften und von einem zum anderen Moment sichtbar wurden, gerieten die Eingesperrten natürlich in argen Schrecken. Einige Kinder fingen an zu schreien und verkrochen sich in dunklen Ecken.

„Muss Fieber haben!", keuchte ein alter Mann, nur noch Haut und Knochen. „Ich sehe ein Ungeheuer mit vier Gesichtern an einem einzigen Kopf!"

„Das ist doch der liebe Svante!" Schon hatte jener ein kleines Mädchen in seine Arme gehoben, das ihn zunächst nicht anzugucken wagte.

Loki legte den Finger auf die Lippen. „Pssst alle miteinander! Wir wollen euch nichts Schlimmes!"

„Aber was tun Sie dann hier?", fragte eine jüngere Frau voller Bang.

Loki setzte sich im Schneidersitz mitten in den mit Leuten vollgestopften Raum. Um die allgemeine Aufregung zu dämpfen, begann er leise vor sich hin zu pfeifen. Bis ein kleiner Junge fragte:

„Bist du der Till Eulenspiegel?"

Loki legte die Hand hinters Ohr. „Wie? Wer?"

„Na, der Narr!"

Um das Ganze abzukürzen, nickte Loki emsig. „Genau,

ich bin der Till. Und Till fragt euch: Was macht ihr hier? Hat man euch eingesperrt?"

Ungehalten den Kopf schüttelnd trat ein älterer Mann vor ihn hin. „Soll das ein Versuch sein, uns aufzuheitern, damit wir etwa vergessen, dass wir in Auschlitz sind? Das können Sie sich sparen!"

Jener kleine Junge, der eben Till Eulenspiegel ins Spiel gebracht hatte, suchte den Mann wegzudrängen. „Lassen Sie Till sprechen! Till hilft uns!"

„Richtig.", nickte Loki. „Ich lese in euren Gesichtern, das ihr alle baldmöglich in die Freiheit zurück wollt. Dafür sind wir hier..."

Zahlreiche kindliche Augenpaare leuchteten ihn ungeduldig an.

„Bloß wie wollen Sie das anstellen?", fragte eine Frau. „Bei den vielen Soldaten und Wachposten hier überall?"

Loki winkte ab. „Das lasst uns mal regeln!"

„Ich bin ja auch noch da!", machte sich Svante, nach wie vor das verstörte Mädchen im Arm, bemerkbar. „Als Tills bester Freund."

„Wieso hast du vier Gesichter?", fragten die Kinder.

„Damit ich alles besser sehen kann." Svante ließ seinen Kopf um 360° rotieren. „Vor allem, damit ich mehr essen und trinken kann!"

115

Loki schnippte mit den Fingern. „Wir befreien euch also. Aber ihr müsst ein bisschen mithelfen. Was ist das hier für ein Ort, an dem man euch festhält?"

„Ein Ort des Grauens. Ein Ort des Verderbens.", wurde gemurmelt. „Offenbar ist dies der Welt verborgen. Hier sind all die gefangen, die Tyrannen und Gewaltherrschaften im Wege sind..."

Svante stutzte. „Selbst Frauen und Kinder?"

„Ganze Familien, ganze Stadtviertel, ganze Gemeinden.", antwortete ein düsterer Chor. „Niemand hat sich bisher hierher gewagt, um an unserem Schicksal Anteil zu nehmen!"

Auf einmal wurden außerhalb der Baracke, in der sie sich befanden, schwere Schritte hörbar, und gleich darauf drehte sich ein Schlüssel im Schloss der Haupteingangstür. Aufgeregte Gesten.

„Schnell! Versteckt euch! Unter den Betten gucken sie nicht nach!"

Loki tauschte einen raschen Blick mit Svante. Stoisch blieb er im Schneidersitz auf dem Boden hocken, derweil sich der Raum mit Bewaffneten füllte.

„Was'n das hier für ein Theater?", brüllte einer. „Wie kommen die zwei Clowns hier rein, he?"

Betretenes Schweigen ringsum. Der Wortführer des bewaffneten Trupps trat vor Loki, mit dem Stiefel gegen sein Knie stoßend. „Bist du schwerhörig? Auf die Beine, aber schnell!"

Derweil hatte ein anderer vor Svante Aufstellung genommen. „Runter mit der albernen Maske, hopp hopp!"

Stattdessen ließ Svante seinen Kopf rotieren; alle vier Münder streckten die Zunge raus. Bis dem Mann die Geduld riss und er daran zerrte, was ihm als Maske dünkte. Als der Gott ihn wegstieß, mitten unter seine Kameraden, gab es Tumult. Gleich mehrere stürzten sich auf Svante. Als sie aber begriffen, dass da wirklich keine Maskierung war, taumelten sie voll des Entsetzens zurück.

„Das is... is ne genetische Missgeburt!"

Svante genoss die Verwirrung. „Für jede Jahreszeit ein Gesicht: Frühling – Sommer – Herbst – Winter! Wooaaah!"

Auf einmal verlor einer die Nerven und schoss eine Maschinengewehrsalve auf Svante ab. Er wurde glatt durchsiebt, was seine gute Laune zum Schwinden brachte. Drohend gingen er und Loki nun auf die Bewaffneten zu, die wie gelähmt, mit aus den Höhlen quellenden Augen zurückwichen.

„Wir waren lange geduldig mit euch! Nun aber reicht es!"

Gleich darauf flogen die Fetzen. Schon stürmten von allen Seiten her weitere Bewaffnete heran. Jetzt kamen Loki und Svante richtig in Fahrt – und siehe da: Die Gefangenen lösten sich aus ihrer Erstarrung, um ihnen Beistand zu leisten. Trotz der Schwäche ihrer ausgemergelten Leiber klaubten sie Steine und sonst was zusammen, ihren Kerkermeistern tüchtig zuzusetzen.

„Zeig's ihnen, gib's ihnen, Till!", feuerten die Kinder an.

Kaum eine halbe Stunde später war die Partie entschieden. Wer noch laufen konnte, machte sich von dannen.

„Danke für euren tollen Einsatz!", lobte Loki die Gefangenen, die sich keuchend um ihn und Svante versammelt hatten. „Und nun auf in die Freiheit! Worauf wartet ihr?"

„Aber das Tor..."

„Pah, das Tor!" Svante marschierte zu demselben, um es mit der Wucht einer Abrissbirne einzudrücken. Ein kleiner Junge war ihm mit bewundernden Blicken gefolgt.

„Wieso tun dir die Löcher, die das Maschinengewehr gemacht hat, nicht weh?"

„Ein bisschen tun mir die schon weh.", gestand Svante. „Aber einer von meinem Schlag, der ist abgehärtet."

Geführt von Loki und Svante marschierten nun alle in die Freiheit, die man kaum für möglich halten mochte. „Wir begleiten euch, bis wir in ein weniger nebliges Gelände kommen.", schlug Loki den geschwächten und verängstigten Menschen vor. So geschah es. Als der neue Tag anbrach, schien die Sonne auf eine fruchtbare freundliche Landschaft, und man erreichte ein kleines Städtchen, in dem die Welt in Ordnung zu sein schien. Mit überschwänglichem Dank verabschiedeten sich dort die Befreiten von ihren beiden Rettern.

„Kommt ihr auch wirklich alleine klar nun?", erkundigte sich Svante besorgt. „Oder sollen wir doch noch ein Stück als Eskorte dienen?"

„Damit ihr nicht wieder in die Hände von Spitzeln oder dergleichen fallt.", fügte Loki hinzu.

„Wir sind nun klüger, werden uns verteilen und sehr weit fortgehen von hier.", sprachen die Geretteten. Somit konnten unsere Reisenden einigermaßen beruhigt ihren Weg fortsetzen.

Als sie schon längst außer Sichtweite waren, schüttelte man immer noch den Kopf. „Die waren bestimmt vom Geheimdienst. Trugen kugelsichere Unterwäsche oder so was. Knallharte Typen. Andere hätten uns da auch kaum rausgekriegt..."

„Ob Geheimdienst oder nicht – das sind echte Helden! Leider kennen wir ihre wahren Namen nicht..."   *

„So – nun müssen wir aber mal einen Schritt zulegen; sonst hat die Bombastic ohne uns abgelegt!", drängelte Svante.

„Nee, die legt schon nicht ab ohne ihre prominentesten Passagiere.", schmunzelte Loki. „Wie heißt es so schön: Der Weg ist das Ziel!"

Sein Begleiter stöhnte. „Wie gut, dass wir frühzeitig aufgebrochen sind! Aber jetzt bitte keine weiteren Abstecher mehr!"

„An mir soll's nicht liegen."

Allerdings lag auf ihrer Strecke die große, quirlige Metropole Berlin. Man hätte sie ja umgehen können, doch diesmal war es Svante, der in Erwartung leckerer Mahlzeiten dorthin drängte. In Berlin gerieten sie in ein schräges Spektakel, genannt „Love Parade"! Was für ein buntes Treiben. Beide konnten sie sich daran kaum sattsehen.

„Magenta!", brüllte Loki auf einmal los. „Da und da und da und da!"

Svante stutzte. „Hast du ein Problem?"

„Das ist m e i n e Farbe!", schnaufte Loki. „Die steht nur mir!"

Auf dem Absatz machte er kehrt, zog sich aus der Menge zurück in eine Ecke, um erstmal zu schmollen. Ratlos gesellte sich Svante zu ihm.

„Meinetwegen können wir unsere Reise fortsetzen, wenn du dir alles übergeguckt hast…"

Wie vom Blitz getroffen schoss Loki auf einmal in die Höhe. Er brauste los, mitten in den Umzug der Love-Parade, um magentafarbene Schuhe und Hüte zu entwenden, wo er sie antraf. Das führte natürlich ganz schnell zu einer Panik. Mit Gekreisch stob alles auseinander. Während Svante dem perplex beiwohnte, tauchte Loki plötzlich, mit Schuhen und Hüten beladen, wieder neben ihm auf.

„Los – nichts wie weg hier!"

Und hatte schon Baba Jagas Mantel über sie beide gestülpt, während um sie heillose Aufregung toste. Sicherheitshalber blieben beide unsichtbar, bis sie die äußersten Bezirke von Berlin erreicht hatten.

„Sag mal," schnaufte Svante, „musste das eben sein?"

Ohne zu antworten, machte sich sein Begleiter daran, die vielen Schuhpaare und Hüte zu sichten und anzuprobieren. Svante legte den Kopf schief.

„Du willst doch nicht etwa in so einem Fummel…"

Ausgelassen wedelte ihm Loki mit einer Magenta-Federboa vor dem Kopf herum. „Und ob! Wie verjüngt ich mich damit fühl! Wie in alten Zeiten!"

Sein Gefährte zog eine Grimasse. „Unauffälliger geht's wohl nicht…"

Der Ase hatte seinen Kopf himmelwärts gereckt. „Rosetta!! Ich habe mein altes Ich wieder! Die Originalmarke Loki! Ich liebe dich!"

Svante musste sich immer mehr wundern. „Heißt deine Angetraute nicht Sigyn?"

„Ja, ja... aber meine große Liebe ist und bleibt Rosetta!"

„Aber die ist doch nicht aus eurem Asen-Clan, oder?"

„Nein, sie ist... sie war eine wundervolle süße aufgeweckte Studentin aus Midgard!", schwärmte Loki schwermütig. „Leider weilt sie nun in Helheim, wo sich meine Tochter ihrer angenommen hat..."

Endlich war Loki mit seiner Schau fertig. Er trug ein passendes Paar Stiefel mitsamt einem breitkrempigen Hut sowie der Federboa.

„Da tun einem ja die Augen weh!", mäkelte Svante.

„Hast du keine Lieblingsfarbe?"

„Honigfarbe mag ich sehr gern, oder Lindengrün, oder Rotweinrot.", überlegte sein Gefährte. „Aber doch nicht so was Schreiendes, was es nirgends in der Natur gibt!"

„Weil es ja meine Kreation ist!", schlug sich Loki auf die Brust. „Entwickelt in meinem eigenen Farblabor! Nach Geheimrezeptur, versteht sich! Bevor ich die blöde Bifrostbrücke ganz in Magenta umfärben konnte, bin ich leider aus Asgard geflogen..."

Svante nickte. „Nun ja, die Geschmäcker..." Plötzlich wurden sie abgelenkt. Hatte sich da hinter den Bäumen und Sträuchern nicht etwas bewegt?

„Du, ich glaube, da lauern welche, die uns schon ne Weile beobachten.", meinte Svante beunruhigt. „Die wollen dir bestimmt dein geklautes Zeug wieder abjagen. Lass uns mal schnell weiter!"

Er hatte kaum ausgesprochen, als um sie herum ein ganzer Ring bewaffneter Mannen – unverkennbar Soldaten in hübschen blauen Gewändern – förmlich aus dem Boden wuchs! Ihr Befehlshaber trat ohne Umschweife auf die beiden zu.

„Na, wat haben wir denn da für stramme Jungs! Richtig lange Kerls! Mir dünkt, die wollen sich jerade verkleiden, um unseren wachen Augen zu entjehen, na?"

Alles ringsum brach in lautes Gelächter aus. Loki und Svante schmunzelten mit.

„Der eine hat sich sogar mit ner Theatermaske ausjerüstet – mit doppeltem Januskopf, wie mir scheint!", schnarrte der Wortführer. „Als ob man damit eine preußische Presspatrouille reinlegen könnte!"

Wieder ironisches Gelächter.

„Das ist keine Maske.", widersprach Loki ruhig. „Probieren Sie nur aus."

„Wat der nicht sagt!", wurde gegrinst. „Ein paar Mann vor! Schraubt dem mal den Mummenschanz ab!"

Nun wiederholten sich gewisse Dinge. Vergeblich ruckelten die Soldaten an Svantes Hals. Als es jenem zu arg wurde, schubste er sie wie Krümel beiseite.

„Potztausend!", brüllte der Kommandeur. „Det scheint mir ja ein Cagliostro zu sein!"

„Eher eine genetische Fehlkonstruktion!", lachte Loki. „Mit Vierfach-Appetit!"

Voll Ekel wichen die Mannen zurück. „So wat ist in der preußischen Armee fehl am Platz..."

Als Loki und Svante zugleich brüllend auf die Soldaten zustürmten, ergriffen diese die Flucht nach allen Richtungen.

„Jetzt reicht's aber mit diesen Unterbrechungen!", fluchte Svante. „Bis Cuxhaven gibt's keine Pause mehr!"

So wurde die Reise fortgesetzt. „Brauchst keine Sorge zu haben, dass uns noch etwas aufhält.", beruhigte Loki. „Es passiert nämlich immer dreimal etwas, und dann ist Schluss. Irgendwie ein ehernes Gesetz. Vielleicht wegen der Nornen..."

Tatsächlich langten sie einige Tage später unbehelligt von weiteren Zwischenfällen in Cuxhaven an. Eilends begaben sie sich zum Anlegeplatz der Bombastic – und dort bot sich ihnen ein Anblick, der sie beinahe von den Sohlen gerissen hätte.

„Booaaah! Das ist ja die reinste Hybris!", rief Loki aus.

Svante nickte beklommen. „Haste so was schon mal gesehen!"

Die Bombastic war nämlich mit ihren sage und schreibe 20 Decks derart hoch, dass sie über ganz Cuxhaven einen Schatten warf! Da waren selbst hartgesottene Asen und slawische Götterchefs perplex!

Als sich die beiden einigermaßen wieder eingekriegt hatten, grinste Loki maliziös.

„Wenn das unsere Seekönigshelden von Walhalla aus sehen, dann kriegen die einen fetten Komplex, schätze ich. Wie viele Drakkare mögen da wohl reinpassen..."

Svante wühlte in seiner Mähne. „Dafür ist das Teil potthässlich – für meinen Geschmack jedenfalls. Ich glaube nicht, dass ein Ragnar Leuteschreck oder ein Hasting Haifischzahn mit so was fahren würden."

Loki kniff die Augen zusammen. „Noch ein paar Decks mehr – und das Ding stößt an die Bifrostbrücke. Hehe..."

„Los, lass uns jetzt mal einchecken!", drängte sein

Begleiter.

Dafür mussten sie eine lange Wendeltreppe besteigen, um dann über einen Steg zum zehnten Deck des Schiffs zu gelangen, wo die Ticketkontrolle ihrer wartete. Es waren zwei Herrn in schmucken Uniformen. Stolz präsentierten ihnen Loki und Svante ihre Tickets.

Die Herren starrten allerdings wie paralysiert auf Svantes einzigartiges Haupt.

„Ein richtiger Charakterkopf, nicht wahr?", schmunzelte der Ase.

„Eine genetische Anomalie, für die ich nichts kann.", erklärte Svante.

Auch Loki wurde argwöhnisch beäugt. „Gibt es sonst noch irgendetwas auszusetzen an uns?", zwinkerte er, mit der Magenta-Federboa vor den Nasen der Kontrolleure wedelnd. Bis die endlich ihre Tickets in Augenschein nahmen.

„Und Ihr Gepäck?"

„Ach, auf so sperrigen Ballast haben wir verzichtet!", winkte Loki ab.

„Sie meinen... das ist Ihre ganze Garderobe?" Ihre Gegenüber räusperten sich. „An Bord gibt es... ähem... einen Dress Code."

„Einen... wie bitte?"

„Sie reisen ja in der Luxus Class – und da ist in den Speisesälen wie auch Casinos und Bars ein Smoking erwünscht."

„Hm. Also müssten wir uns einen solchen noch zulegen, damit wir nicht allzu sehr aus dem Rahmen fallen.", überlegte Loki. „Ob wir dafür noch genug Zeit haben?"

„Auf jeden Fall.", nickten die Herren. „Bis zur Abfahrt ist es noch ein Weilchen hin…"

„Passt ja wunderbar!", stieß Svante seinen Gefährten an. „Dann gehen wir jetzt schnell noch einen Smoking kaufen, gell?"

Somit hüpften sie die Wendeltreppe wieder hinab und stürmten Cuxhavens Einkaufsmeile. Da strahlte sie schon das erste Herrenmodegeschäft am Platz an. Nix wie hinein…

Nachdem die Verkäufer den ersten Schrecken verdaut hatten, den ihnen Svantes Anblick eingejagt hatte, konnte das Anprobieren starten. Allerdings stellte sich heraus, dass fast sämtliche Modelle zu klein waren. Immerhin maß Loki über sieben Fuß, und sein Gefährte sogar über acht!

„Doch… wir hätten da etwas in Übergröße!", fiel dem schwitzenden Verkäufer ein. Gleich darauf präsentierte er ein Modell in XXXL, in das Svante gespannt schlüpfte. Es saß wie angegossen!

127

„Wenn Sie dazu noch ein paar Balli-Schuhe in Größe 50 nehmen, könnten wir Ihnen ein Angebot machen.", freute sich der Verkäufer auf ein tolles Geschäft.

„Haben Sie einen Smoking auch in Pink?", fragte Loki gespannt.

„Smoking in... Pink? Tja, so etwas Ausgefallenes...", stammelte der Herr. „Ich fürchte leider nein."

„Schade. Ich fühl mich nämlich nur in dieser Farbe wohl.", seufzte Loki. „In Schwarz würde ich Komplexe kriegen..."

„Nun ja..." Der Verkäufer nestelte an seiner Krawatte. „Vielleicht hätte ich wenigstens einen Tipp für Sie..." Und er flüsterte Loki etwas ins Ohr.

Als Svante - mit byzantinischen Goldmünzen – bezahlt hatte, traten sie mit einer riesigen Einkaufstüte beladen nach draußen. Loki schaute sich um. „Ha da drüben! Da werd hoffentlich ich fündig!"

„Du mit deinen Extra-Wünschen!", brummelte sein Gefährte. „Was ist denn das für ein Shop..."

„Den hat mir der nette Herr, der uns eben bediente, empfohlen.", nickte der Ase. Zunächst einmal begutachtete er höchst interessiert die großen Schaufenster. „Ja – alles richtig schön schreiende Farben! Hier gehen bestimmt viele interessante Leute ihre Klamotten kaufen!"

„Also, ich weiß nicht...", zögerte Svante. „Ist das nicht ein Geschäft für Damen?"

Loki spähte hoch, wo der lange Name des Kaufhauses in leuchtenden Buchstaben prangte:

BOUTIQUE FÜR DEN UNKONVENTIONELLEN HERRN

„Hier dürfte ich richtig sein!", brauste Loki in den Laden. Ein Verkäufer in papageienfarbenem Anzug und Afrolook nahm sich seiner an.

„Na, mein Süßer? Suchst du was für die Love Parade?"

„Geenaauuu!", schnippte Loki mit den Fingern. „Einen pinkfarbenen Smoking, der möglichst zu meiner Magenta-Federboa passt und meinen Highheels!"

„Kein Problem!", pfiff der *Salesman* gutgelaunt. Und nun erwartete Svante eine harte Prüfung. Sein Kumpel probierte nämlich insgesamt ein Dutzend pinke Anzüge an!

„Hallo!", wummerte Svante entnervt an die Umkleidekabine. „Nicht vergessen: Wir wollen heute noch abreisen!"

Ein fröhliches Pfeifen antwortete ihm. „Gut Ding will Weile haben! Aber wir sind gleich so weit..."

Zum soundsovielten Male flanierte Loki vor dem Spiegel auf und ab. „Darin fühl ich mich optimal! Seit langem

129

hab ich mich nicht mehr so optimal gefühlt..."

Der Verkäufer nickte begeistert. „Ich würd dir auch empfehlen, das Modell mit den Schulterpolstern und den Schlaghosen zu nehmen – bei deiner mageren Statur..."

„Entschieden!", posaunte Loki. „Darf ich das gleich anbehalten?"

Svante schnaufte. Wie er Loki in seiner neuen Gewandung fand, behielt er lieber für sich.

„Hast du vielleicht noch ein paar dieser byzantinischen Münzen?", wandte sich Loki an der Kasse an seinen Gefährten. „Mein Paps hat mir nämlich gar kein Taschengeld mitgegeben, so sauer war der..."

Gutmütig bezahlte Svante auch diesen Kauf. „Und jetzt husch, husch zu unserem Schiffchen!"

„Sag mal," fragte Loki unterwegs. „Wie kommst du zu so einem Münzschatz?"

„Den hat einstmals ein slawischer Pirat am Kap Arkona vergraben, ganz nahe meinem Tempel. Ich glaube, er hieß Störtepieker. Allerdings kam er nie mehr zum Abholen. So viel ich gehört habe, wurde er in Peenemünde gehängt... oder in Swinemünde..."

„Wie tragisch. Und dann hast du dich bedient. Siehste, das hatte sein Gutes..."

Auf einmal ertönte ein lautes Grollen. „Huch...

bekommen wir ein Gewitter?", erschrak Loki. „Nicht dass so was unsere Reise versalzt, gleich am Anfang..."

„Keine Sorge!", schmunzelte sein Gefährte. „Das war mein Magen. Er braucht unbedingt etwas zu tun!"

„Hältst du's noch aus bis zum Schiff? Sobald wir eingecheckt haben, suchen wir den Speisesaal auf und stopfen uns ordentlich voll! Denn das ist ja im Preis mit inbegriffen..."

Nahe dem Hafen kreuzte eine Gruppe ihren Weg. Wie sie mitbekamen, musste es sich um eine Stadtführung handeln.

„Cuxhaven wurde von dem Heiligen Cux gegründet.", erzählte ein junger Mann den Leuten.

„Was für ein Fuchs?", fragte eine schon betagte schwerhörige Dame.

„Auf einmal stand Loki neben ihr. „Sie verpassen nix – sowieso alles Schwachsinn!"

Der Guide wurde rot vor Zorn. „Ey, du Tunte – misch mir nicht meine Gruppe auf!"

Beschwichtigend hob Loki die Hände. „Ich mein ja nur... Wenn Cuxhaven vom Heiligen Cux gegründet wurde, dann wurde Hamburg doch sicher vom Heiligen Ham gegründet, oder?"

Um ihn herum amüsiertes Gelächter. „So eine

Stadtführung kann ruhig auch ein bisschen heiter sein.", zwinkerte der Ase. Energisch zog ihn Svante jetzt mit sich.

Allerdings kamen sie nicht weit. Wie elektrisiert blieb Loki plötzlich stehen.

„Was stimmt jetzt schon wieder nicht?", horchte Svante voll schlimmer Erwartung.

Er folgte Lokis ausgestrecktem Arm zu einem hohen Gebäude, das die Aufschrift „Telekomturei" trug. Sein Eingangsportal besaß fast dieselbe Farbe wie Lokis Smoking!

Bevor Svante überhaupt begriff, war sein Gefährte bereits losgestürzt, um die pinke Pforte förmlich einzurennen. Allerdings war da eine Drehtür, in der Loki dank seinem Schwung erstmal ein Dutzend Umdrehungen machte, bis er aus dem Sog in die Eingangshalle schlidderte. Dort prallte er gegen einen Magenta-gestrichenen Tresen, hinter dem Damen in Magentafarbenen Blusen standen. Dräuend blies sich der Ase wider sie auf.

„Was haben wir denn da für ein Plagiat! Meine Kreation geklaut! Pfui und nochmals pfui!"

Als dann noch Svante sichtbar wurde, malte sich blankes Entsetzen auf den Gesichtern der Damen.

Inzwischen hatte sich Loki frech an den Tresen

gelümmelt. „Magenta ist meine Erfindung! In meinem ganz privaten Farblaboratorium kreiert! Wer das hier fabriziert hat, kriegt gewaltigen Ärger – nämlich mit dem Erfinder höchstpersönlich!"

Die Damen stammelten. „Am besten wenden Sie sich an unsere Chefetage..."

„Ein bisschen hopp hopp, bevor ich noch böser werde!" drohte Loki mit dem Zeigefinger. „Denn gucken Sie mal – das ist ein kleiner, aber feiner Unterschied: Mein Anzug ist pink – und Ihr Mobiliar Magenta!"

Die Dame nickte verdattert. Mit entschuldigendem Achselzucken suchte Svante seinen Kumpel vom Tresen fortzubewegen. „Ist nur ein Missverständnis..."

„Nix Missverständnis!", grollte Loki. „Moment – da wollen wir jetzt mal eine Probe machen, ob Ihr Magenta so taugt wie meins..."

Damit spuckte er auf den Tresen, woraufhin die Damen mit Lauten des Ekels zurückwichen. Mit dem Zeigefinger begann Loki nun seelenruhig in seinem Spuckeklecks zu rühren.

„Haha! Sehen Sie nur – die Farbe geht ab! Nur ein billiges Imitat also! Meine Mischung geht nicht ab, selbst wenn da Fenriswolf und Midgardschlange drauf pinkeln!"

Eine der Damen wurde von einer Ohnmacht bemächtigt.

„Ein Psycho!", raunte irgendwer. Loki hingegen triumphierte über das Loch, was seine Spucke in den Magenta-Belag geätzt hatte.

„Das kommt davon! Dieses Loch ist die Strafe – und seien Sie froh, dass ich nicht noch mehr Löcher mit meiner Spucke hier mache!..."

„So, nun reicht's!", schritt Svante ein, wuchtete Loki in die Höhe und trug ihn hinaus. Er ließ seinen Gefährten erst wieder auf die Beine, als sie vor der Bombastic standen.

„Das ist ja richtig erlebnisreich hier in Cuxhaven!", prustete jener.

„Du steigst jetzt vor mir her die Wendeltreppe da hinauf und guckst nicht links oder rechts, bis wir an Deck sind!", kommandierte Svante streng. „Sonst leg ich dir keine Münze mehr aus!"

Der Gefährte zuppelte an sich rum. „Hast mir meine Garderobe durcheinander gebracht."

„Sei froh, wenn man dich überhaupt so an Bord lässt!", brummte Svante.

In der Tat mussten sich die Ticketkontrolleure ganz schön beherrschen, keine Grimassen zu schneiden. Doch sie ließen beide anstandslos durch. Dafür rieben sich sämtliche Passagiere, denen sie bei der Suche nach ihrer Kabine begegneten, die Augen oder machten komische Bemerkungen, wie etwa:

„Reist so ein öffentliches Ärgernis etwa mit?"

„Is ja abartig..."

„Mein Freund kann nichts für seine acht Nasenlöcher!",
schaute sich Loki um.

Svante schwoll der Kamm. „Die meinen nicht mich..."

„Ja, wen denn dann bloß?", tänzelte der Ase vor ihm
her. „An mir gibt's bestimmt nichts auszusetzen, bei
dem Preis, den ich bezahlt habe..."

„Wenn wir uns schon jetzt so streiten, dann kann das ja
heiter werden!", schnaubte Svante. „Wo ist nun endlich
unsere Kabine? Oder gehen wir gleich in den
Speisesaal?"

„Diese elenden langen Gänge nehmen ja kein Ende!",
fluchte Loki. „Sind wir jetzt auf dem zehnten oder
schon auf dem elften Deck? Auf Deck 19 befindet sich
unsere Kabine..."

„Bitte sehr – die Herren können auch einen Fahrstuhl
nehmen.", bot ein junger Mann in Livree an. Er war so
zuvorkommend, die beiden zum Fahrstuhl zu führen. Da
warteten bereits einige Passagiere. Loki und Svante
beschlossen, jeglichen Blickkontakt mit jenen zu meiden,
nach ihren bisherigen Erfahrungen. Sowie der
Fahrstuhl eintraf, ließen sie den anderen Vortritt.
Allerdings stellte sich heraus, dass Svante in den

Aufzug nicht mehr hineinpasste. Sie beschlossen also, den nächsten zu nehmen.

Als der Fahrstuhl endlich wieder anlangte, hatte sich vor seiner Tür allerdings schon wieder eine Traube Leute gebildet. Es gab ordentlich Krakeel, da Loki und Svante die nächste Fahrt für sich allein in Anspruch nahmen. Nur ein Kätzchen zwängte sich noch rein.

Ausgerechnet während der Fahrt begann wieder Svantes Magen zu rumoren. Das Kätzchen fauchte, schlug mit den Krallen um sich und riss einen Dreiangel aus Lokis nagelneuem Smoking.

„Verdammtes Mistvieh!", zeterte jener, um sich tretend. Dann blieb auch noch der Fahrstuhl stecken. Hätte irgendwer gesehen, was sich nun in seinem Innern abspielte...

In Asgard sah es jeder, und vor allem Baldur zeigte sich ergötzt!

Als der Fahrstuhl schließlich auf dem 19. Deck anlangte, hing Lokis Garderobe in Fetzen herab, und das Kätzchen hatte sich in Svantes Strubbelhaar verfangen.

„Schmeiß bloß dieses Biest über Bord!", raste Loki – und jeder Passagier, der ihnen auf dem noch verbleibenden Weg zu ihrer Kabine begegnete, machte ein paar Sätze rückwärts. Svante hatte alle Mühe, die Katze aus seinem Haar zu entfernen, so dermaßen hatte sie sich in seinen Strähnen verheddert. Einige Kinder, die an ihnen vorbei flitzten, fingen noch an, sich lustig zu machen.

„Hähä -. die Katze ist an dem Ungetüm hängen geblieben!"

Schon hatte Loki den Spötter an seinem Schopf gepackt. „Hähä – du bist an meinen Krallen hängen geblieben!"

Diese Lektion reichte, die Spötter zu verscheuchen. Endlich standen sie vor ihrer Luxuskabine und Loki beeilte sich, aufzuschließen.

„Du kommst mir erst rein, wenn du dieses Biest da abgeschüttelt hast!", rief er seinem Begleiter über die Schulter zu. Schon flog Svante die Tür vor der Nase zu.

„So viel zu echter Kameradschaft!", grollte der. „Warte nur – wenn du mal in Nöten bist, rühr ich auch keinen Finger!"

Während er also auf dem Gang mit der Katze weiterhin herum rangelte, rumorte es in der Kabine. Gleich darauf wurde Loki wieder sichtbar – mit einer Schere.

„War nicht so gemeint – und hier naht schon Rettung!" Schnippschnapp trennte er einfach Svantes Haupthaar mitsamt Katze ab. Svantes halben Skalp mit sich schleifend rannte das Tier fauchend von dannen.

Svante fuhr sich über den Kahlkopf. „Nicht schlimm. Wenn ich Bier inhaliere, wächst das rasch nach. Bei Rotwein noch rascher..."

Loki drängte ihn in die Kabine. „Hach, wie gemütlich!", seufzte sein Gefährte. „Das macht ja fast alles wieder gut, was wir an Pannen..."

„Tust du mir erst noch nen kleinen Gefallen, bevor wir es uns gutgehen lassen?", heischte ihn der Gefährte an. „Denn so fetzig kann ich mich ja nirgends sehen lassen..."

„Ja, ich erst recht nicht mit meinem Barhaupt.", grummelte Svante.

„Weißt du was? Du kriegst jetzt meinen pink Sonnenhut, und damit gehst du bitte nochmal in die Stadt in diese Boutique – um mir genau diesen Anzug zu holen, den ich am zweitbesten fand!", umgarnte ihn Loki. „Du hast dir doch sicher gemerkt, welcher Anzug das war..."

Der Reisegefährte verdrehte die Augen. „Noch ein paar Münzen springen lassen!..."

„Ich mach auch alles wieder gut!", bedeckte Loki seine Hand mit Küssen.

„Und wenn das Schiff derweil ablegt?"

Loki zog die Stirn kraus. „Das darf es einfach nicht! Das wird es auch nicht! Ich hab nämlich eine Idee..."

Svante schwante nichts Gutes. „Bitte stell nicht wieder etwas Komisches an!..."

„Und geh du dieser Monsterkatze aus dem Weg.", mahnte Loki. „Nu beeil dich schon – hier mein Hut!"

Kurz schaute Svante in den großen Spiegel, der sich in ihrer Kabine befand. „So mag ich gar nicht unter die Leute..."

„Ab mit dir!", drängte ihn Loki raus. „Dafür darfst du heute Abend meinen Rotwein mittrinken!"

Kaum dass er fort war, schnappte sich der Ase Baba Jagas Zaubermantel, begab sich in den Unsichtbar-Modus und begann, auf dem Riesenschiff umher zu geistern. Wie gut, dass er ein Meister der Orientierung war – sonst hätte er wohl kaum wieder zu seiner Kabine zurückgefunden...

Svante durchmaß derweil Cuxhaven mit Riesenschritten, bis er wieder vor besagter Boutique stand.

„Nanu.", begrüßte ihn der papageienfarbene Verkäufer. „Noch was vergessen, mein Lieber?"

„So sieht's aus. Mein Kumpel braucht nämlich einen Ersatz-Anzug. Und zwar den, den er vorhin beinahe gekauft hätte..."

Zum Glück erinnerte sich der Mann glasklar. „Ach das gute Stück. Hol ich dir – und weil ihr so sympathisch seid, mach ich euch nen Preis..."

Schon befand sich Svante auf dem Rückweg. Als er an jenem hohen Gebäude mit der Aufschrift „Telekomturei" vorbeikam, geriet er in einen Menschenauflauf. Und da war es passiert!

„Obacht – das ist einer der Typen! Die Zeugenbeschreibungen passen genau!"

Von da an nahm Svante sämtliche Hindernisse im Hechtsprung. Völlig außer Atem langte er schließlich wieder an Bord an.

„Nur die Ruhe!", sprach ein Crewmitglied. „Wegen eines kleinen Zwischenfalls verzögert sich ohnehin noch die Abfahrt..."

Voll banger Vorahnungen kniff Svante die Augen zusammen. „Was... für ein Zwischenfall?"

„Es geht die Rede, dass eine kratz- und beißwütige Katze, mit einem ausgerissenen Haarschopf zwischen den Krallen, auf der Kommandobrücke ihr Unwesen treibt. Wahrscheinlich ist sie noch tollwütig. Auf jedem Deck fliegen pinkfarbene Kleiderfetzen umher. Schon echt gruselig..."

Svante musste sich beherrschen, nicht zu schmunzeln. Da hatte sein Kumpel ja was losgetreten...

„Sag mal – was hast du denn da schon wieder angerichtet?", begrüßte Svante seinen Gefährten, der in der Kabine seelenruhig auf dem Kanapee lümmelte, ein Sektglas in der Hand. „Und wenn die das Katzenvieh nicht einfangen?"

„Dann helf ich diesen Drömelpötten.", grinste Loki. „Komm, schmeiß dich erst mal neben mich aufs Sofa! Hier gibt's nämlich eine Hausbar, richtig knackevoll mit leckeren Sachen zum Süffeln! Damit dir dein Kahlkopf schnell wieder zuwächst..."

„Da, dein Fummel!", warf ihm Svante die riesige Einkaufstüte in die Arme. „Nee, ich brauch zuvor was Anständiges in den Magen, sonst bin ich daneben."

„Na gut – werfen wir uns also in Schale!" federte Loki in die Höhe, um sich gehörig zu stylen. Kaum vermochte er sich von seinem Spiegelbild zu trennen.

„Also ehrlich: Der Anzug gefällt mir fast besser als das andere Stück. Somit war letztendlich alles eine sinnvolle Fügung!"

Er pfiff durch die Zähne, als sein Gefährte im dunklen Smoking vor ihm stand. „Atemberaubend. Und wenn erst wieder Haare da sind..."

Nun öffnete Svante doch die Minibar, aus der er sich zwei Bier holte, die er in seinen Schlund kippte. Wie von Wunderhand sprossen überall aus seinem Schädel Haare.

Er trank so lange, bis der kahle Schädel sich gänzlich bedeckt hatte.

„Na fein!", schmunzelte Loki. „Dann können wir ja..."

Auf dem Gang fragten sie einen Steward nach dem nächsten Speisesaal.

„Oh, sorry, aber der ist erst heute Abend geöffnet. Wenn Sie einen kleinen Snack möchten – da wäre ein Bistro auf Deck 16..."

„Und wann geht es nun los?"

Der Steward zuckte die Achseln. „Ich weiß nicht, ob das Problem schon behoben ist..."

„Da soll doch so ein Katzenvieh sein Unwesen treiben.", schmunzelte Svante. „Stellen Sie sich vor, die hat meinem Kumpel den ganzen Anzug runter gerissen und mich fast skalpiert vorhin, im Fahrstuhl...."

Der Steward schluckte. „Dann scheint die ja echt tollwütig zu sein..."

Loki gab seinem Begleiter ein Zeichen. „Geh du schon mal vor zu diesem Bistro."

„Ja, und du?"

„Komme nach."

Während Loki wieder in der Kabine verschwand, stiefelte sein Kumpel los. Mit ungutem Gefühl nahm er wieder den Fahrstuhl und erreichte glücklicherweise unangefochten besagtes Bistro. Das Sortiment dort enttäuschte ihn jedoch ziemlich.

„Von diesen lächerlichen Sandwiches und Hot Dogs wird unsereins doch nicht satt."

Schließlich bestellte er sich doch fünf Hot Dogs sowie ebenso viele Hamburger. Als er sie gerade verdrückt hatte, bog ein gutgelaunter Loki um die Ecke.

„Siehst ja einigermaßen gesättigt aus, mein Freund."

„Naja... Und du siehst aus, als hättest du erreicht, was dir vorschwebte."

Loki fläzte sich ihm gegenüber. „Präsentier mir ein Problem – und ich präsentier dir die Lösung!"

Svante beugte sich vor. „Was hast du mit dem Biest angestellt?"

„Auf dem Oberdeck hab ich es erwischt! Eigentlich wollte ich es runter schmeißen ins Meer, aber leider war Gegenwind. Der hätte mir die also wieder zurückgetrieben. Auf den Hafenkai konnte ich sie ebenso wenig schmeißen, weil das auch wieder Aufruhr gegeben hätte! Also hab ich sie ganz tief unten in einem der Maschinenräume deponiert..."

Svante kratzte sich das reichlich nachgewachsene Haupthaar. „Dann wollen wir hoffen, dass das Problem erst mal aus der Welt ist."

„Hauptsache, die Reise geht bald los." Und sie ging tatsächlich los. Da es bereits später Nachmittag war, verkürzte sich die Wartezeit bis zum Dinner. Überpünktlich standen Loki und Svante vor den Pforten des Speisesaals und waren beim Einlass die ersten. Man wies ihnen einen schönen Tisch zu – auf ihren Wunsch in einer diskreten Ecke. Dann wurde das reichhaltige Buffet begutachtet.

„Ich glaub, hier werd ich satt.", sprach Svante und häufte sich den Teller voll mit Steaks, Schnitzeln und Fisch.

„He, lass den anderen Passagieren noch was übrig!", mahnte Loki. „Das sind immerhin 5378 Mann!"

Svante war in seinem Element. „Steaks für das eine Mäulchen, Schnitzel für das andere, Fisch für das dritte – und das vierte..."

„Haste vergessen!", spottete Loki. „Oder ist das für die Getränke?"

„Sowie für den Nachtisch.", schmatzte Svante. Es folgte ein majestätischer Rülpser aus drei Mäulern gleichzeitig, der sie ins Zentrum einiger Aufmerksamkeit rückte.

„Wie vulgär...", wurde in der Nähe getuschelt.

„Du sabberst!", wisperte Loki.

„Weil es schmeckt." Svante wischte sich alle drei

Münder ab. „Borschtsch habe ich leider nicht gesehen…"

„Meiner ist sowieso der beste.", befand sein Asenfreund.

Schon ging sich Svante den Nachtisch holen. Mit einer ganzen Schüssel Schokopudding kehrte er zurück. Von Loki erntete er disqualifizierende Blicke.

„Ähm… ich glaube, da soll man sich draus in sein Schälchen abfüllen…"

„Was – in diese kleinen Dinger, diese Spucknäpfe?", ereiferte sich sein Gefährte. Unter scharfen Blicken der Kellner trug er die Schüssel schließlich wieder zurück.

„Es gibt doch immer Leute, die sich daneben benehmen.", wurde getratscht. „Die die Schlacht am kalten Buffet zu gewinnen suchen…"

„Solche Leute sollten besser zu Hause bleiben, nicht wahr?"

Derweil kehrte Svante triumphierend mit einem halben Gugelhupf zurück. „Den lass ich mir aber nicht streitig machen!"

„Du besserst dich!", kicherte Loki.

Ein Kind vom Nachbartisch zog ihnen eine Grimasse. „Krümelmonster!"

„Die sehen echt aus wie Ernie und Bert von der Sesamstraße, hihi…"

„Nee, eher wie Cindy aus Neu Cölln mit ihrer Arschboulette..."

„Obelix und Pinkylix!"

Mit rollenden Augen knüllte Loki seine Serviette zusammen. Finster schielte er zu den Lästerern rüber, während sein Kumpel genüsslich den Gugelhupf verzehrte. Schließlich erhob er sich langsam, um auf einen der Nachbartische zu zu schlendern. Schmunzelnd baute er sich dort auf.

„Wollt ihr mal was Ätzendes sehen?"

Damit spuckte er auf die Tischdecke – und siehe da: Sie bekam an just der Stelle ein stattliches Loch!

Wer eben noch gelästert hatte, kämpfte nun mit Würgereiz. Somit hatten Loki und Svante für den Rest ihrer Mahlzeit Ruhe.

Gesättigt räumten die beiden schließlich den Speisesaal, um sich der allgemeinen Aufmerksamkeit zu entziehen.

„Was machen wir nun mit dem angebrochenen Abend?" Pfeifend schaute sich Loki um. „Da war doch die Rede von Casinos. Wollen wir uns das mal angucken?"

Dazu fuhren sie auf Deck 18. Zu ihrer Überraschung war das Casino bereits gut besucht. Zunächst einmal schauten sie sich alles, was dort so geboten wurde, interessiert an. Bei den Roulette-Tischen blieben sie dann stehen.

„Wenn du noch ein paar deiner schönen byzantinischen Münzen hast, könnten wir da eine Runde mitspielen.", überlegte Loki.

Sein Begleiter brummelte. „Aber nicht alles verspielen!"

„Faites Vos Jeux!... Rien ne va plus!", erklang die monotone Stimme der Croupiers. Wie elektrisiert starrten die Neulinge auf das Roulette-Rad. Eine halbe Stunde später seufzten sie voll Überdruss.

„Diese Kugel bleibt nie da liegen, wo sie liegen soll!", grunzte Svante.

„Du hast's erfasst!" Sein Kumpel klopfte ihm auf die Schulter. „Entschuldigst du mich mal für einen Moment?"

Als Loki verschwand, beschlich Svante irgendwie ein

ungutes Gefühl. Glücklicherweise traf der Gefährte bald wieder neben ihm ein. Über seine Schultern trug er Baba Jagas Umhang.

„Ist dir etwa kalt?", wunderte sich Svante.

„Ja – weil wir schon so viele deiner hübschen Münzen verloren haben in diesem Sauladen!", wisperte Loki. „Los – einmal setzen wir noch, und zwar diesmal richtig hoch!"

„He – über meine Barschaft bestimme noch immer ich!", fuhr sein Kumpel auf.

„Tu, was ich sag – es soll dein Schaden nicht sein!", strahlte Loki so verdächtig verheißungsvoll. Kaum hatte Svante seine Jetons auf den Zahlenfeldern platziert, da war der Freund auf einmal abermals verschwunden! Dafür kam die Kugel endlich auf der richtigen Zahl im Roulette-Rad zu liegen! Und Loki tauchte auch wie von Geisterhand hergezaubert wieder auf...

„Jetzt wo's Spaß macht, legen wir erst richtig los!"

Svante verstand zwar nicht, was sich hier abspielte; dass aber Loki dran drehte, schien ihm gewiss. Und Gewinn einfahren – das riss auch ihn mit!

Bevor sie die Spielbank sprengten, zogen sie sich mit reichlich Beute diskret zurück. Ihnen folgten die erbosten Blicke von Croupiers und Casino-Chef, aber auch allerlei begehrliche Blicke...

„Hast du bemerkt," tuschelte Svante erregt, „wie uns einige Damen da drin angehimmelt haben?"

„Kein Wunder!", zuckte Loki die Achseln, „bei so vollen Geldsäcken..."

Svante grunzte. „Auch wenn die's nur auf meinen Berg Münzen abgesehen haben – nach dem guten Essen heute Abend hab ich einen Drall und würd mir gern noch was erobern. Du etwa nicht?"

Loki verdrehte die Augen. Das hätte jetzt vom alten Frey sein können...

„Ach komm doch noch mit in die Bar da vorne!", bettelte Svante. „Zum Schlafengehen bin ich viel zu aufgekratzt."

Seufzend willigte Loki ein. Während sie in der Edelbar an der Theke saßen und Svante sich damit vergnügte, nach sämtlichen Himmelsrichtungen in diverse Decolletés zu starren, wanderten Lokis Gedanken zu Rosetta.

'Wär toll, wenn du jetzt hier mit dabei wärst.', sprach er wehmütig zu sich. 'Hoffentlich träum ich heute Nacht von dir...'

In der Bar trat auch ein Unterhaltungssänger auf. Für Lokis und Svantes Geschmack hatten dessen Darbietungen allerdings eher eine fade Note. Sein Name war Roger Witzacker, und er schien schon recht betagt.

Svante winkte den Barkeeper heran. „Tritt da vielleicht auch mal ne holde Weiblichkeit mit richtig knackigen Formen auf? Ich steh nämlich auf Fruchtbarkeitstänze..."

Der Barkeeper grinste. „Da wäre vielleicht die Peep Show gegenüber eher das Richtige für dich..."

Loki hatte eine andere Idee. „Was dagegen einzuwenden, wenn ich gleich mit einem Liedchen auftrete, bevor alles hier eingepennt ist?"

„Warum nicht?", schmunzelte der Barkeeper. „Roger macht eh gleich Pause. Dann kannst du auf die Bühne hüpfen..."

„Komm!", drängte Loki, kaum dass Roger sein triebtötendes Programm beendet hatte. „Jetzt kommt unsere große Stunde!..."

„Nee, ich nicht!", zierte sich sein Gefährte. „Bin völlig unmusikalisch!"

„Das gibt es nicht!", lachte Loki. „Wir singen jetzt beide ein ganz leichtes Liedchen, das du sicher kennst: *Asgarder Nächte sind lang*[xi]!"

Was sollte Svante machen, da der Kumpel ihn mit sich auf die Bühne zerrte. Als sie den berühmten Asgard-Schlager in sämtlichen Strophen geschmettert hatten, ging ein beeindrucktes Wow durch den Raum. Trotzdem atmete Svante insgeheim auf, als old Roger sie wieder ablöste.

„Hey – ihr zwei seid echt cool!", lobte der Barkeeper. „Man könnte euch glatt engagieren. Wie nennt sich denn euer Duo?"

Verlegen schauten sich die beiden an. Da durchblitzte es Loki.

„Cindy und das Krümelmonster!"

„Sag mal," schnaubte Svante, „als sie später den Weg zu ihrer Kabine antraten, „Amüsieren auf meine Kosten – das hat es dir wohl angetan!..."

„Wolltest du nicht noch eine Eroberung machen heute Nacht, du Epikureer?", lenkte ihn Loki ab.

„Mir ist die Lust vergangen!", murrte der Gefährte. „Sämtliche Damen in der Bar haben das mitgehört: Krümelmonster!"

Loki war stehengeblieben. Seine Blicke heischten um Vergebung. „Da ist mal wieder der Übermut mit mir durchgegangen. Als Wiedergutmachung leih ich dir meinen Mantel. Wenn du auf einen grünen Flicken tippst, kannst du durch sämtliche verschlossenen Kabinentüren gucken, ob da ein knackiges Weibsbild einsam in ihrem Bettchen liegt. Entweder guckst du ihr nur was weg oder besuchst sie. Na, ist das was?"

Svante rieb sich den Wuschelbart. „Jetzt wird mir

einiges klar. Diese Decke hat irgendwie mit unserem sagenhaften Erfolg im Casino zu tun..."

„Psst. Da darf uns keiner drauf kommen. Wenn man auf Blau tippt, kann man unsichtbar jeglichen Unfug verrichten." Loki hielt seinem Kumpel die Decke hin. „Also, wie sieht's aus?"

Jener zögerte. „Hm. Ich weiß nicht. So verstohlen... das liegt mir eigentlich nicht. Da geh ich doch lieber offen auf ein holdes Weib zu und mache ihren Formen ein hübsches Kompliment."

Somit beschlossen sie beide diesen aufregenden ersten Reisetag in ihrer Kabine. Dort schälten sie sich aus ihrer vornehmen Kleidung.

„Und nun ab ins Doppelbettchen!", juchzte Loki. „Wehe, du schnarchst durch alle deine vier Nasen!"

„Das Bett hast du für dich alleine.", entgegnete Svante. „Wegen meines einzigartigen Kopfes kann ich doch nicht liegen. Ich schlafe daher im Sitzen."

Somit machte er es sich, so weit möglich, auf dem Kanapee gemütlich, während sich sein Gefährte im – freilich viel zu kleinen – Bett zusammenrollte und schnell eingeschlafen war. Da er tatsächlich von seiner Rosetta träumte, wurde es eine wunderbare Nacht.

Als Loki am andern Morgen die Augen aufschlug, sah er ein leeres Kanapee. In der ganzen Kabine war es still. Er rappelte sich also eilends auf, und siehe da: Der Gefährte vergnügte sich in der Badewanne!

„Morgen, du Planschkuh!", grüßte er.

„Möchtest du auch?", schmunzelte Svante.

„Aber nicht in deinem Badewasser!"

Nach Svante nahm also auch Loki erstmal ein herrlich warmes Bad. Von der Wanne aus beobachtete er den Gefährten bei einer eigenartigen Prozedur.

„Sag mal... was fummelst du da an deiner Wampe rum?"

„Ich verarzte die Löcher, die diese Typen von Auschlitz in mich geschossen haben..."

Neugierig erhob sich Loki schließlich aus der Wanne. „Was sind denn das für schwarze Kügelchen, die du in die Löcher stopfst?"

„Das ist vom Kaviar. Hab gestern Abend ein bisschen was mitgehen lassen, in den Taschen meines Smoking..."

Loki tippte sich an die Stirn. „Du hast doch einen Knall, dir Kaviar in deine Löcher zu popeln!"

„Wieso? Kaviar ist was ganz Edles..."

„... das man sich in den Mund stopft und nicht in Schusslöcher! Ist ja echt peinlich!"

„Meine Sache!", brummte Svante, mit seiner Prozedur fortfahrend. Danach zog er sich an.

„Nimm doch beim nächsten Mal lieber Erbsen oder Linsen!", feixte der Ase.

Nach dem Frühstück, das doch tatsächlich ohne größere Zwischenfälle vonstatten ging, wurde der weitere Tagesplan beraten.

„Da wir gestern gar nicht raus gekommen sind aus dieser Miefbude, lass uns heute mal mehr Stunden an Deck als unter Deck verbringen.", beschloss Loki.

„Uns den Wind um die Nase wehen lassen.", stimmte Svante zu. „Das Wetter sieht ja prächtig aus..."

Sie fanden das Oberdeck mit Leuten gut gefüllt. In gleichbleibendem Tempo fuhr die Bombastic durch die blaue Weite der Nordsee. Eine Ansage kam. In Kürze sollten die *Orkney-Inseln* erreicht werden.

„Auch das noch.", stöhnte Loki. „Die einstigen Jagdgründe dieses Macho Kings Leuteschreck..."

An den Orkneys bestand die Möglichkeit zu einem Inselausflug. Das nahmen unsere Freunde natürlich wahr.

„Wollen sehen, ob hier einer noch Ragnar Leuteschreck kennt!", rieb sich Loki die Hände und steuerte in den erstbesten Pub.

„Sagt hier wem der Name Leuteschreck etwas?"

„Und ob!", brummelte der Wirt. „Der hat hier anschreiben lassen!"

„Echt jetzt?", staunte Loki. „Da fällt mir ja glatt die Kinnlade runter. Hat der nicht so viel erbeutet von Pikten, Schotten und Iren?"

„Das ging ja alles für seine Superarmada weg.", klärte der Wirt auf. „Über 300 Drakkare. Ansonsten war der pleite..."

Loki und Svante nahmen einen Drink. „Sollen wir dir old Ragnars Schulden bezahlen?", bot der Ase großzügig an. „Wir haben nämlich ganz ordentlich im Glücksspiel gewonnen..."

„Seid ihr etwa mit Ragnar verwandt?", horchte der Wirt.

„Ha – das fehlte noch!", lachte Loki. „Wir wollen nur wiedergutmachen, was Ragnar so vergeigt hat in seinem tollen Leben..."

Schließlich ging die Reise weiter. In *Galloway* wurde erneut gestoppt, und unsere Freunde waren beim Ausflug dabei.

„Nicht dass du jetzt wieder fragst, ob jemand den Leuteschreck kennt!", mahnte Svante.

Da aber war schon vor ihnen ein Pub mit dem Namen

„The wild Viking" aufgetaucht.

„Wenn die wüssten, dass ihre Helden alle Spulwürmer im Darm hatten!", lästerte Loki. Dann zog er auch noch über die merkwürdigen Rindviecher her, die dort überall weideten:

„Müssen diese Zottelbiester nicht mal zum Friseur?"

Ihm schlug ein Sturm von Protest entgegen. „Das sind unsere prächtigen Galloway-Rinder! Importiert von keinem Geringeren als Ragnar Leuteschreck!"

'Hätte ich ahnen müssen!', seufzte Loki.

Svante ließ es sich nicht nehmen, ein Galloway-Steak zu schmausen. Über all dies hätten sie beinahe die Weiterfahrt verpasst.

Der nächste Stop hieß Dublin. „Achtung!", warnte Loki seinen Begleiter. „Das ist der berüchtigte 'Dunkle Pfuhl'! Gegründet von König Olaf und seinen Vestfold-Wölfen..."

Svante grummelte. „Hier gibt's wohl keinen Stein, auf den nicht mal ein Wikinger getreten ist..."

„Leider.", sprach ein alter Ire, der zufällig mitgehört hatte. „Das heißt, im Innern unserer schönen Grünen Insel gibt's ein paar Weiden, die nicht von Wikingerstiefeln zertrampelt wurden."

Vertraulich wandte sich Loki an jenen. „Hat eigentlich

jemals einer dieser Wikinger euren berühmten Riverdance gelernt?"

Der Alte lachte auf. „Soll das ein Witz sein? Obwohl... es gibt da jene Legende, derzufolge König Olaf von Dublin von seiner irischen Gattin in einen Tanzkurs geschleppt wurde. Nicht viel später wurde die Ehe geschieden..."

„Verstehe.", nickte Loki mit schadenfrohem Grinsen. „Navigation zu beherrschen ist was gänzlich anderes als Tanzschritte..."

„Sehen Sie," zwinkerte der betagte Ire, „für Riverdance und Fiddlespiel muss man einfach irisches Blut haben!"

„Das Schöne am Reisen ist, dass es ungemein bildet.", meinte Loki vergnügt zu Svante.

„Ja, und nächstes Mal lade ich dich zu einer Ostseekreuzfahrt ein.", verkündete sein Gefährte. „Da kann ich dann glänzen. Mit dem Piratenkäpt'n Störtepieker werd ich dich dann nerven und dir ganz genau zeigen, wo das versunkene Vineta liegt!..."

„Und wir besuchen Bischof Absalon von Lund."

„Hör mir auf mit dem!", erregte sich Svante. „Bisher hab ich den noch nicht unter den Passagieren der Bombastic entdeckt, doch wehe ihm, wenn..."

Da unsere Reisenden im Laufe der Tour einiges an Geld ausgaben, gingen sie immer mal wieder ins Casino, ihre Kasse aufzufüllen. Jedes Mal, wenn sie dort auftauchten, empfingen sie äußerst säuerliche Mienen des Personals.

„Ich sag dir, die kommen uns noch drauf.", wisperte Svante besorgt.

„Deshalb verdrücken wir uns lieber gleich nach einem Glückstreffer.", nickte sein Begleiter.

Längst waren sie den anderen Stammkunden im Casino vertraut. Besonders eine stattliche und füllige Dame, behängt mit Juwelen, die Loki an das berühmte Brisingamen[xii] erinnerten, suchte immer wieder den Blickkontakt zu ihnen, speziell zu Svante. Beherzt lud jener sie schließlich in eine teure Cocktail-Bar auf Deck 19. Um das Stelldichein der beiden nicht zu stören, vertrieb sich Loki derweil die Zeit in einer Doppelkopfrunde.

„Irgendwie kommen mir meine Doppelkopfpartner bekannt vor.", wunderte er sich. 'Die hab ich irgendwo schon mal gesehen. Bloß wo...?"

Das Trio schienen Brüder zu sein. Der offenbar Älteste namens Ove, von der Statur her zierlich, mit markant spitzem Kinn, machte einen äußerst cleveren Eindruck, der Loki beinahe das Wasser zu reichen schien. Zum Glück nur beinahe. Der etwas schwammige Hüne

Morten sprühte vor guter Laune; Poul, fett und kugelig, war nicht von der Sorte, die sich Großes zutrauten.

Natürlich besiegte Loki, gewöhnlich ein Solo spielend, die Drei mit links. Sie nahmen es sportlich. Man verabredete sich also gleich für eine neue Runde. „Gleicher Ort, gleiche Zeit!", schmunzelte Morten.

An diesem Abend kehrte Svante gar nicht in ihre Kabine zurück, und Loki dachte sich seinen Teil. Erst im Morgengrauen steckte der Kumpel seinen Kopf rein.

„Schön, dass du noch lebst!", brummelte Loki, halbwegs wach.

Natürlich nahm der Gefährte erstmal ein Bad.

„Wäschst du deine Sünden ab?", rief Loki hinüber. Ein fröhliches Pfeifen antwortete ihm. Offenbar war die Eroberung erfolgreich verlaufen.

„Sie heißt Melusine von der Starkenburg und ist blaublütig!", prahlte Svante später beim Ankleiden. „Ha, und so gut gebaut..."

„Muss sie auch, wenn sie dich überleben will..."

Seitdem war Melusine bei Frühstück und Dinner mit dabei. „Hoffentlich hat die es nicht bloß auf deine Barschaft abgesehen.", warnte Loki.

„Du willst mir doch nicht meine Freude vergällen?!",

159

empörte sich der Gefährte gekränkt. „Als ob ich keine Reize hätte. Schau dich auch nach einer netten Begleitung um. Deine Sigyn wird's dir schon verzeihen..."

Stattdessen verbrachte Loki die Abende in der munteren Doppelkopfrunde. Ihm imponierte, dass Ove, Poul und Morten trotz ihrer unablässigen Niederlagen nach wie vor Lust verspürten, sich mit ihm zu messen.

„Von überlegenen Gegnern kann man halt viel lernen!", schmeichelte Morten. „Ist ja keine Schande, mit jemandem zu spielen, der zur Top Liga gehört, oder?"

Seine Brüder Ove und Poul stimmten zu. „Lieber gegen einen Profi würdig verlieren, als gegen Luschen haushoch gewinnen."

„Die Einstellung gefällt mir.", lobte Loki. „Und unsere Spiele sind ja auch immer fair..."

„Absolut.", nickte Ove. „Gentlemanlike, wie es sich gehört!"

Irgendwie kam Loki das Ganze allzu ungetrübt vor. So ungetrübt verlief normalerweise nirgends ein Doppelkopfspiel. Vor allem nicht in Asgard. Wenn er dort mit Papa Odin, Thor und Frigg spielte, endete das schon mal mit Getöse. Da ging dann in Midgard ein ordentliches Gewitter nieder...

Als Loki für den nächsten Casino-Besuch seine Zauberdecke heraus kramen wollte, erlebte er eine böse

Überraschung: Sie war an jenem Ort, wo er sie stets aufbewahrte, nicht mehr auffindbar!

Zunächst ging er davon aus, dass Svante sich das gute Stück ausgeborgt hatte, und er stellte den Freund zur Rede.

„Hör mal, gib mir doch Bescheid, wenn du die Decke…"

Sein Gefährte beteuerte, dass er sich nichts ausgeliehen hatte. Fieberhaft begann Loki nun die gesamte Kabine auf den Kopf zu stellen. Da sich seine Wut dabei steigerte, richtete er ein unmäßiges Chaos an.

„Das räumst du nachher aber wieder tiptop auf!", grantelte sein Mitbewohner.

„Hier wird nichts aufgeräumt, bis unser Talisman wieder aufgetaucht ist!", schnaubte Loki. „Der muss hier irgendwo liegen…"

Als er dann noch das Kanapee umstülpte, rieselten überall Kaviarkügelchen auf den Teppich.

„Und was ist das für eine Sauerei?", brüllte er unbeherrscht. „Offenbar fällt dir beim Schlafen dein Füllmaterial wieder raus!"

Verlegen kratzte sich Svante. „Das hält nicht so, wie ich es mir vorgestellt habe…"

„Versuch es doch mal mit Styropor!"

Der Gefährte grunzte. „Brauchst deine schlechte Laune nicht an mir auszulassen! Vielleicht hast du die Decke ja im Casino vergessen oder in einer der Bars..."

Jetzt richtete sich Loki langsam auf, wobei seine Hakennase sich knallrot färbte.

'Au ha!' Svante schwante Arges.

Sein Kumpel schnippte mit den Fingern. „Danke für das Stichwort, Alter! Ich hab's!"

Svante atmete auf. „Alles klärt sich doch auf..."

„Und ob!", Lokis Augen blitzten. „Diese Hundesöhne, diese Schweinebraten! Ich spreche von meinen werten Doppelkopfpartnern! Die waren mir von Anfang an suspekt!..."

Der Gefährte beugte sich vor. „Sag nicht, die haben dir deine Zauberdecke geklaut..."

„Loki beklaut! Unvorstellbar, nicht?" Auf einmal lachte der Ase auf. Er schien sich gar nicht mehr einkriegen zu wollen.

Svante legte den Kopf schief. „Was, bitteschön, ist jetzt daran witzig?"

„Meine absolute Dämlichkeit!", schlug sich Loki gegen die Stirn. „Ich hab mich von denen glatt einlullen lassen! Quietschvergnügt haben die immer gegen mich verloren – und dabei die Decke gemopst!"

„Wieso hattest du die auch dabei beim blöden Kartenspielen?"

„Naja, zum Mogeln natürlich!"

Svante stellte das Kanapee wieder auf. „Dann geschieht's dir eigentlich recht..."

Eine Weile tigerte Loki grübelnd in der Kabine auf und ab, bis es aus seinem Haupt dampfte.

„Jetzt fällt mir ein, woher ich die Saubande kenne! Das sind Spezls von Björn Eisenseite, Sigurd Schlangenauge und Ubbe Golfball! Abgefeimte Diebe, die sich wieder mal in Midgard rumtreiben! Na wartet!"

„Wie wollen wir die hier auf dem Riesenpott auftreiben?", sinnierte Svante. „Oder weißt du, auf welchem Deck deren Kabine ist?"

„Ganz sicher nicht in der Luxus Class! Also ab Deck 15 abwärts suchen..."

„Wenn diese Typen Passagiere beim Kartenspielen ausrauben, sollten wir sämtliche Lokale an Bord absuchen.", riet sein Freund. „Dann sparen wir uns Mühe."

Anerkennend klopfte ihm Loki auf die Schulter. „Das ist clever. Aber trotzdem werden wir von morgens bis abends rührig sein. Tagsüber durchsuchen wir systematisch alle Decks und abends die Bars und Speisesäle..."

Somit gestaltete sich für die beiden der zweite Teil der Kreuzfahrt äußerst anstrengend. Nachdem sie Deck 15 bis Deck 10 gründlich abgeklappert hatten, dazu diverse Bars, kam Frust auf.

„Klar, dass die sich jetzt irgendwohin verkrümelt haben.", wischte sich Loki den Schweiß von der Stirn.

„Tja, womöglich in die Frachträume.", seufzte Svante. „Das kann heiter werden."

Loki ballte die Fäuste. „Ich muss diese Decke wiederhaben! Ohne die bin ich aufgeschmissen!"

„Zumal die von Baba Jaga genäht ist. Die beste Babuschka auf der Welt!", sprach Svante liebevoll. „Nach unserer Kreuzfahrt werd ich die mal wieder in ihrer netten Hütte zum Borschtsch-Essen besuchen..."

„Nicht bevor wir ihre Decke wiedergefunden haben!", grummelte Loki.

„Weißt du, wo wir noch nicht gesucht haben? Im Kino!", fiel Svante ein. „Auf Deck 17 gibt es doch ein großes Kino. Da bin ich übrigens heute Abend mit meiner Melusine verabredet. Komm mit, und wir halten zusammen die Augen offen."

„Fabelhafte Idee!", lobte sein Kumpel. „Ich stör auch nicht eure Zweisamkeit..."

So wurde es gemacht. Das Kino war bis zum letzten Platz gefüllt, da „Der Untergang der Titanic" gespielt wurde. Loki achtete jedoch weniger auf den Film, als vielmehr auf die Silhouetten im vollen Zuschauerraum.

Nach der Vorstellung begaben sich Svante und bei ihm eingehakt seine Melusine noch völlig im Bann der Filmhandlung in eine benachbarte Bar. Gleich darauf tauchte auch Loki auf.

„Atemberaubend!", seufzte Melusine. „Ich bin immer wieder überwältigt!..."

„Ja... so ein sinkendes Schiff... ist schon überwältigend!", nickte Svante.

„Ich meine doch die Love Story!", erwiderte sie entrüstet. „Jetzt stell dir nur vor... die Bombastic sinkt..."

Svante drückte sie an sich. „Dann rette ich dich, ganz klar..."

„Störe ich euch auch nicht bei eurer Bussi Bussi-Party?", tuschelte Loki in der Bar mit Svante. „Ich geh gleich mal die Klos kontrollieren. Vielleicht hat sich unser Trio da verbarrikadiert..."

Auf einmal fuhr Melusine mit einem Kreischer auf. „Mein Collier!..."

Ihr prächtiger Schmuck war tatsächlich weg vom Fleck! Im Nu war das Sicherheitspersonal angerückt.

„Diebe? Ja, die gibt es leider an Bord eines solchen

Luxusliners. Wir werden natürlich sofort die Fahndung aufnehmen. Haben Sie einen Verdacht?"

„Und ob!", drängte sich Loki vor. „Mir wurde nämlich vor einigen Tagen eine hübsche Patchworkdecke entwendet…"

„Eine Patchworkdecke?"

„Sehr wertvoll, auch wenn Sie's nicht glauben.", fuhr der Ase fort. „Hier meine Personenbeschreibung. Die machen sich nämlich auch in Kartenrunden an ihre Opfer ran…"

„Interessant zu wissen. Dank Ihrer exakten Beschreibung dürfte es nicht schwierig sein, das Trio zu stellen.", zeigten sich die Sicherheitsbeamten zuversichtlich.

„Ist nicht möglich!", sinnierte Loki, nachdem die Beamten abgezogen waren. „Ich hatte wirklich im Kino pausenlos meine Sinne gespitzt nach allen Seiten! Nicht einen Moment war ich unaufmerksam!…"

„Nun mach dir keine Vorwürfe!", beruhigte ihn Svante. „Was soll ich sagen? Mein Arm lag während der ganzen Vorstellung um Melus Schultern. So ne Dreistigkeit…"

Melusine war in Tränen aufgelöst. „Ein Erbstück, unersetzlich…"

„Genau wie meine Patchworkdecke.", nickte Loki. Natürlich musste er an Friggs berühmtes Brisingamen denken, das seinerzeit er entwendet hatte. Die sogenannte Halsbandaffäre von Asgard...

Sehr früh am folgenden Morgen hühnerte Loki bereits voller Elan umher.

„Auch wenn dieser Sicherheitsdienst die Fahndung aufgenommen hat – ich meine, wir sollten nicht auf der faulen Haut liegen, sondern unsere Anstrengungen fortsetzen!", rüttelte er den auf dem Kanapee noch dösenden Gefährten wach.

„Nicht ohne ein reichhaltiges Frühstück!", räkelte sich Svante.

Gleich nach dem Frühstück stellten sie ihren strategischen Plan auf. „Von Deck 19 bis Deck 10 sämtliche Klos und Nischen absuchen. Und am Nachmittag nehmen wir uns die FCrachträume vor!"

„Och nö!", stöhnte Svante.

„Denk dran: Die können sich nicht unsichtbar machen, da sie die Magie der Decke ja nicht kennen.", grinste Loki. „Uns bleiben noch vier Reisetage. Bis dahin müssen wir die Drei am Kragen haben!"

„Bei dem Stress nimmt man ja ganz schön ab!", stellte sein Kumpel fest, als er sich im Bad wog. „Nur noch knapp 200 Kilo..."

„Die hast du doch schnell wieder drauf, bei deinem Appetit!"

Svante bohrte sich im Ohr. „Weißt du... es gibt da ein kleines Problem. Meine Melu hat nämlich versprochen...

sofern ich ihr Collier wiederfinde... dass sie mich heiratet!"

Loki grinste spöttisch. „Lass mich raten: Du hast also durchaus keinen Ehrgeiz, ihren Schmuck wiederzufinden. Uns geht's ja ohnehin um die Decke. Um sonstiges Diebesgut soll sich der Sicherheitsdienst kümmern!"

Nachdem die Suche in sämtlichen sanitären Anlagen (mitsamt Babywickelräumen) sich als erfolglos herausgestellt hatte, machten sich Loki und Svante an den Abstieg zu den Frachträumen. Dabei kamen sie in die Nähe der Küchen. Prompt hielt Svante behaglich schnuppernd inne.

„Hmm. Da wird, so scheint mir, was Gutes gebrutzelt für heut Abend! Ob wir da mal einen Blick rein werfen? Womöglich haben sich unsere Diebe unter die Köche gemischt..."

„Ach komm, du willst nur naschen!", winkte Loki mit dem Finger.

Da sein Gefährte sich nicht abhalten ließ, riskierten sie also keck einen Blick in die Schiffsküche. „Tag zusammen. Ist hier nicht gerade eben ein schwarzes Kätzchen rein gehuscht?"

Damit stifteten sie einige Unruhe. „Eine Katze hier in der Küche? Das fehlte noch!"

Beflissen halfen Loki und Svante dem Küchenpersonal,

in alle Ecken und selbst die Großkochtöpfe zu schauen.

„Da müssen wir uns geirrt haben." entschuldigte sich der Ase nach langem Gesuche. „Noch frohes Schaffen, Freunde!"

Weiter ging's in den Schiffsbauch Richtung Frachträume. Bis sie an eine Tür langten mit der unübersehbaren Aufschrift:

ZUTRITT VERBOTEN!

Loki zog an seinem Ziegenbart. „War eigentlich zu erwarten. Also können unsere Spezls nicht hier sein."

Erleichtert atmete Svante auf. „Hatte ohnehin keine Lust, sämtliche Kisten da drin zu durchwühlen!"

„Bleiben noch die Maschinenräume.", überlegte sein Kumpel. „Da hat man Zutritt."

Gefolgt von einem genervten Svante trabte er treppauf, treppab. „Kenn ja den Weg zum Glück!"

Gleich darauf kreuzte einer aus der Schiffscrew ihren Weg. „Moment einmal. Sie haben sich sicher verlaufen."

„Um ehrlich zu sein, suchen wir ganz verzweifelt unsere entlaufene Perserkatze.", schwindelte Loki.

„Ach du je!", seufzte der Mann. „Und Sie meinen, die könnte bis hier unten ausgerückt sein?"

„Tja, so unternehmungslustig, wie die immer ist.", zwinkerte Loki.

170

„Na gut – ich werde das mal weitergeben ans Personal in den Maschinenräumen. Die sollen die Augen offenhalten. Sobald Ihr gutes Stück auftaucht, melden wir uns dann bei Ihnen..."

„Die lässt aber keinen Fremden an sich ran.", gab der Ase zu bedenken. „Wäre schon besser, wenn wir dabei wären..."

„Also ausnahmsweise dürfen Sie einen Blick rein werfen. Bleiben Sie bitte immer hinter mir und befolgen Sie meine Anweisungen.", gebot der Mann.

So wurde es gemacht. Nach meilenlanger vergeblicher Wanderung durch die Maschinenräume der Bombastic bedankten sich Loki und Svante artig bei ihrem Guide, dem sie ein großzügiges Trinkgeld in die Hand drückten. „Wirklich beeindruckend – all diese Maschinen!"

Als sie endlich wieder in ihrer Luxus Class angelangt waren, steuerte Svante direkt zum Speisesaal. Heute ließ er es sich nicht nehmen, einen ganzen Gugelhupf zu verdrücken.

„Er ist von Deck 19 bis in die Maschinenräume und wieder zurück gejoggt!", entschuldigte sich Loki beim konsternierten Kellner.

„Ich hab jetzt keine Phantasie mehr, wo wir noch suchen könnten.", schmatzte Svante. „Und heute Abend mag ich mich auch nicht mehr mit Suchen stressen.

Außerdem bin ich mit meiner Melu verabredet…"

„… Deren Collier wir ja glücklicherweise nicht gefunden haben.", grinste Loki. „Wollt ihr wieder ins Kino?"

„Nein – heute Abend ist Rollschuhdisco angesagt…"

Loki gluckste. „Ihr wollt… in die Rollschuhdisco?"

Sein Kumpel hielt im Kauen inne. „Was ist daran so komisch?"

„Eigentlich gar nichts." Loki musste sich arg ein Kichern verkneifen. „Zumindest kann man auch da mal die Äugelchen offenhalten nach unseren abgefeimten Dieben…"

Die Rollschuhdisco auf Deck 17 war ein Ort prächtiger Laune! Da fiel es wirklich schwer, nach Halunken Ausschau zu halten. Erst einmal amüsierte sich Loki darüber, dass Svante arge Schwierigkeiten hatte, bei der Ausleihe Rollschuhe in seiner Größe zu finden. Er quetschte seine Füße schließlich in Schuhgröße 49½.

Weniger Schwierigkeiten hatte Loki. Schon reihte er sich ein in die Scharen junger Leute, die im Kreis herum rollerten, nach fetziger Musik. Dabei schweiften seine scharfen Augen unablässig umher.

'Im Multitasking war ich schon immer gut!', triumphierte er. 'Jetzt soll es mal ein Langfinger wagen…"

Als endlich Svante und Melusine händchenhaltend in die Bahn rollerten, bekam Loki beinahe einen Lachanfall. 'So eine Figur, wette ich, würden auch Njörd und Skadi machen! Und erst mein Bruderherz Baldur..."

Schon begann ihn der Hafer zu stechen. Als er plötzlich Pirouetten drehte und entgegen dem Strom rollerte, gab es die erste Massenkarambolage!

„Schon mal was von einreihen gehört, du Witzfigur?", machte ihn der Platzwart an.

„Ay, ay, Käpt'n!", hob Loki beschwichtigend die Arme. Er nahm sich vor, für den Rest des Abends so unauffällig wie möglich zu bleiben.

Dafür bekam kein Geringerer als Svante plötzlich einen Rappel. Wild gestikulierend machte er sich von seiner Melu los, um voranzustürmen wie ein entfesselter Stier. Loki suchte ihm auf den Fersen zu bleiben.

„He, was ist denn in dich gefahren?"

„Da vorn – ich hab Bischof Absalon entdeckt!"

„Ach komm – der geht doch niemals in eine Rollschuhdisco..."

Doch Svante war nicht mehr zu halten. Mann und Maus brauste er um. Bis er schließlich den vermeintlichen Absalon zu fassen kriegte.

„Verdammt! Is er ja doch nicht..."

Svante und Loki erhielten Platzverweis. „Die blöden Schuhe drücken sowieso.", brummte Ersterer, als er sich seiner Laufwerkzeuge entledigte.

„Diesmal hast du dich schlimmer aufgeführt als ich.", schmunzelte Loki.

„Ist mir auch arg peinlich, zumal gegenüber Melu..."

Sie verdrückten sich noch in eine Bar. Es wurde ein etwas trübsinniger Abend. Dann bekam auch noch Melusine einen Migräneanfall und empfahl sich.

„Guck mal – fast alle um uns rum sehen sauertöpfisch aus.", stellte Svante fest. „Auf so einer schönen Kreuzfahrt."

„Na, das tröstet mich.", seufzte Loki. „Die sind bestimmt auch alle beklaut worden von diesen drei Ratten..."

„Alles, was entsteht, ist wert, dass es zugrunde geht.", hörten sie auf einmal jemanden in ihrer Nähe murmelnd rezitieren. Loki fuhr herum.

„Da schau an – ein Goethe- und Faust-Fan!"

Der schmächtige Brillus nickte gedankenversunken. „Und deshalb wird auch dieses Geschöpf menschlicher Hybris sinken..."

„Wie?!", schluckte Svante. „Sie meinen, die Bombastic...?"

174

Der Brillus nickte düster. „Genau wie die Titanic. Ich spüre das."

Loki schlürfte seinen Cocktail. „Sind ja wohl genügend Rettungsboote da..."

Der Brillus lächelte dünn. „Als Nihilist weiß ich, dass die Reedereien vor allem an den Rettungsbooten sparen."

„Gegen einen Eisberg fahren wie die Titanic können wir in diesen Breiten ja nicht.", überlegte Svante.

„Aber auf eine Sandbank laufen oder gegen unterirdische Klippen stoßen.", zupfte Loki seinen Ziegenbart. Auf einmal gefror sein Grinsen.

Auf der kleinen Bühne der Bar waren nämlich soeben drei Gestalten mit Mandolinen in der Hand sichtbar geworden. Eine hochgewachsene schwammige, eine kleine rundliche sowie eine zierliche.

„Ducken!", wisperte Loki und drückte seinen Gefährten hinter den Tresen.

„He, was..."

„Da sind unsere Racker – auf der Bühne! In Verkleidung!"

Die drei Sänger waren als Chinesen gewandet, um nun ein beliebtes witziges Liedchen vorzutragen:

„Drei Chinesen mit dem Kontrabass

gingen auf der Straße und erzählten sich was.

Da kam die Polizei und fragt:

Was ist denn das?

Drei Chinesen mit dem Kontrabass."[xiii]

„Bis du sicher?", raunte Svante erregt.

„Absolutissimo, Freund. Und nun pass auf..."

Da das Lied einige Strophen hatte, blieb den beiden Zeit, eine Strategie zur Ergreifung der Gesuchten aufzustellen.

„Dri Kinisin mit dim Kintribiss

gingin if di Strißi ind irzihltin sich wis.

Di kim di Pilizi ind frigt:

Wis ist dinn dis?

Dri Kinisin mit dim Kintribiss!"

„Dra Kanasan mat dam Kantrabass

gangan af dar Straßa and arzahltan sach was.

Da kam da Palaza and fragt:

Was ast dann das:

Dra Kanasan mat dam Kantrabass."

„Dro Konoson mot dom Kontroboss

gongon of dor Stroßo ond orzohlton soch wos.

Do kom do Polozo ond frogt:

Wos ost donn dos?

Dro Konoson mot dom Kontroboss."

„Dru Kunusun mut dum Kuntrubuss

gungun uf dur Strußu und urzuhltun such wus.

Du kum du Puluzu..."

Nun blieb ihnen allerdings die Spucke weg, da sie auf der Bühne Gesellschaft bekommen hatten – nämlich von Loki und Svante. Letztere packten die drei Bänkelsänger bei den Ohren.

„Jetzt bringt mal euer niedliches Liedchen brav zu Ende!"

„... du kum du Puluzu

und frugt:

Wus ust dunn dus?

Dru Kunusun mut dum Kuntrubuss!", jaulten die Sänger ins Mikrofon, da ihnen Svante und Loki ordentlich in die Ohrläppchen kniffen.

„Eine Strophe fehlt noch, nicht?", grinste Loki satt vor Schadenfreude.

„Drä Känäsän mät däm Känträbäss

gängän äf där Sträßä änd ärzähltän säch wäs.

Dä käm dä Päläzä änd frägt:

Wäs äst dänn däs?

Drä Känäsän mät däm Känträbäss."

„Und nun singen wir alle miteinander noch eine Strophe!", zischelte Loki Ove ins Ohr. „Eins, zwei, drei..."

„Drei Ganoven mit nem falschen Pass

gingen auf der Straße und erzählten sich was.

Da kam die Polizei und fragt:

Wer ist denn das?

Drei Ganoven mit nem falschen Pass!"

Brausender Applaus mitsamt Gelächter. Doch nun zogen Loki und Svante ihre Opfer rasch hinter die Bühne.

„Erbarmen! Gnade! Vergebung!", winselte Poul.

„Kein Problem. Sobald ihr meine Patchworkdecke rausrückt.", entgegnete Loki trocken. „Die hat meine Babuschka mir nämlich vererbt..."

„Was ihr sonst noch gehortet habt, interessiert uns nicht!", fügte Svante hinzu.

Morten hob die Brauen. „Nur diese blöde Decke, Kameraden?"

Loki packte ihn am Kragen. „Wenn die Decke so blöde ist, warum habt ihr sie dann entwendet, he?"

Ove zündete sich eine dicke Zigarre an. „Weil uns halt kalt war..."

„Geht's noch dümmer?", echauffierte sich der Ase. „In jeder Kabine liegen Wolldecken!"

„Nur in der Luxus Class, nicht in der Economy!", erwiderte Ove ruhig.

„Da zieht's aus allen Ritzen!", fügte Poul hinzu.

„Ach ihr Armen!", tätschelte Svante Mortens rosige Wange. „Wie gesagt: Euer Treiben geht uns die Bohne an! Nur die Decke meines Freundes, da hängt er nun mal dran..."

Ove und Morten tauschten einen Blick. „Tja, wenn er so dran hängt..."

„Dann latschen wir mal ein paar Stockwerke tiefer zu unserem Quartier.", beschloss Ove. „Aber dass ihr's wisst: Die Ehrlichsten seid ihr beide auch nicht gerade..."

Svante grinste breit. „Schon begriffen, den Deal: wir wissen nix von euch – und ihr nix von uns."

Ove streckte die Hand aus. „Ein Dieb soll ja den andern

nicht verpfeifen."

Loki schlug ein. „Seid ihr des Klauens wegen aus Asgard weg?"

„Exakt.", nickte Ove. „Ein Leben ohne Klauen ist möglich, aber öde."

„Scheinst dich ja gut eingelebt zu haben in Midgard.", schmunzelte Morten.

Loki nickte. „Vielleicht bleib ich ganz hier. Weit weg von Helden und autoritären affektierten Verwandten..."

Mit dem Fahrstuhl fuhren sie also nach der Verhandlung ein paar Decks tiefer. Als sie die Kabine der Brüder betraten, zeigten sich sowohl Svante als auch sein Freund geschockt.

„Hier mieft's aber! Und was ist denn das für ein Lärm?"

„Unter uns sind bereits die Maschinenräume – und der Gestank zieht von der Küche rüber.", verzog Poul den Mund. „Im Bad sind Kakerlaken, und das Bullauge schließt auch nicht richtig..."

Morten händigte Loki nun die Zauberdecke aus. Sofort prüfte Loki, ob alles an ihr tadellos war.

„Lasst mich raten.", sprach Ove süffisant schmunzelnd. „Ihr geht doch jetzt sicherlich geradewegs ins Casino, oder?"

Svante räusperte sich. „Och, heut Abend wohl nicht

mehr..."

„Verrat mir mal, wie du mit der Zigarre im Maul sprechen kannst!", wandte sich Loki, ein Ablenkungsmanöver startend, an Ove.

Poul und Morten lachten. „Ein angeborenes Talent!"

Ove zwinkerte. „Da oben in Asgard warste ja immer zu arrogant, um mit uns mal Doppelkopf zu spielen. Deshalb dachten wir uns... wir erteilen dir mal ne kleine Lektion."

„Kompliment – die ist euch gelungen!", hob Loki den Zeigefinger. „Tja, die Arroganz... das ist Prägung. Wenn man in solchen Kreisen aufwächst..."

„Jedenfalls wäre diese Kreuzfahrt arg langweilig ohne solches Katz- und-Maus-Spiel.", sprach Poul. „Wollen wir nicht Freundschaft schließen? Wo doch sonst nur Blindgänger um uns sind..."

„Halt ich für ne gute Idee.!", stimmte Morten zu. „Leider ist in dieser Bude keine Minibar, sonst könnten wir ein kühles Bier springen lassen..."

„Dafür haben wir eine stets gut gefüllte Minibar!", strahlte Svante. „Also lasst uns alle nach oben zu uns gehen und dort Brüderschaft trinken!"

Da sie nicht alle in den Fahrstuhl passten, fuhren sie in zwei Gruppen. Der schmächtige Ove fuhr mit Svante.

„Sag mal," beäugte Ersterer Letzteren, „von welchem Vorfahren hast du diese einzigartige Rundum-Aussicht geerbt?"

„Wenn ich das mal wüsste!", seufzte Svante. „Als Kind war ich deswegen ganz schön Außenseiter..."

Am nächsten Reisetag traf man sich auf dem Sonnendeck und belegte flugs die wenigen noch freien Liegestühle. Es schien ein richtig friedlicher Vormittag zu werden – ohne heikle Zwischenfälle.

„Schau mal.", tippte Loki auf einmal Svante an. „Da vorne geht unser Nihilist spazieren."

Sein Gefährte blinzelte kurz zu dem schmächtigen Brillus rüber. „Ob der immer noch überzeugt ist, dass die Bombastic bald sinkt?"

„Hehe, Zeit dazu hat sie ja noch bei drei Reisetagen.", grinste Loki.

„Was genau ist eigentlich ein Nihilist?", fragte Svante.

„So was ähnliches wie ein Pessimist.", brummte Ove, auf dem Rücken ausgestreckt und, wie üblich, die qualmende Zigarre im Mund. „Jemand, der immer alles schwarz sieht."

„Ich sehe nur Blau.", murmelte Morten, der es sich ebenfalls auf dem Rücken gemütlich gemacht hatte. „Alles Blau über uns."

„Dieser Nihilist wäre eventuell die passende Partie für mein Töchterchen Hel.", überlegte Loki. „Die ist auch so drauf. - Ach, da fällt mir gerade der Alptraum ein, den ich heute Nacht hatte: Nämlich von Mephistopheles, wie er meine Hütte verwüstet..."

Svante gluckste. „Dein Äffchen! Ach, das ist bestimmt

viel braver als wir hier bislang waren."

„Ein bisschen Heimweh hab ich ja, Sehnsucht nach meinen Schutzbefohlenen.", sinnierte der Ase.

„Leute – ich glaub, man beobachtet uns.", wisperte Ove auf einmal.

Ja, auch Loki war längst der kleine pummelige Glatzkopf aufgefallen, der da seit einiger Zeit mit neugierigen Blicken um sie herum tappte. Zum Glück sprach er jetzt erst mal den Nihilisten an.

„Sie dümpeln ja immer so allein rum. Weshalb so ungesellig?"

„Das ist meine Natur.", antwortete der Brillus düster. „Wozu Geselligkeit, wenn alles, was entstanden ist, es doch wert ist, wieder zugrunde zu gehen?"

Offenbar war das dem Glatzkopf zu hoch, denn er ließ den Nihilisten kurzerhand stehen, um sich – auch das noch – an Loki ranzumachen.

„Mann, ist der mies drauf. Der verdirbt einem ja glatt den sonnigen Vormittag..."

„Er hat einfach nur zu viel seine Nase in den 'Faust' gesteckt.", schmunzelte Loki. „Mir ging das auch mal so. Doch dann verunglückte meine liebe Freundin tödlich, und daraufhin hab ich den 'Faust' in den Papiermüll geworfen. Weil ich davon ausging, da wäre eine üble Magie drin..."

„Oh, das mit Ihrer Freundin tut mir leid.", sprach der Glatzkopf mitfühlend. „Ich hoffe, Ihre Freundin hatte eine Sterbeversicherung..."

Loki runzelte die Stirn.

„Na ja, so eine Bestattung kann eine arg teure Angelegenheit werden.", fabulierte der Barhäuptige, während er sich dreist am Fußende von Lokis Liege niederließ. „In jungen Jahren denkt man freilich über so etwas nicht nach. Doch manchmal geht das schnell. Haben denn Sie eine Sterbeversicherung?"

„Ich brauch so was nicht – weil ich unsterblich bin.", erklärte Loki, die Arme behaglich unter dem Nacken verschränkt.

„Haha, Sie sind wohl eine rheinische Frohnatur, was?", amüsierte sich das aufdringliche Pummelchen. „Scheinen zu denen zu gehören, die das Unangenehme mit einem Scherz unter den Teppich zu kehren suchen, nicht?"

„Von meiner Geburt an.", nickte der Ase.

„Bei mir würden Sie aber eine anständige Sterbeversicherung zu einem guten Tarif kriegen.", fuhr der Mann beflissen fort. „Bei einem schönen Rotwein könnte ich Ihnen ein Angebot machen..."

Jetzt schaltete sich Svante ein. „Sie glauben wohl nicht, dass mein Kumpel unsterblich ist, wie? Ich bin ebenso unsterblich." Damit lüftete er das Badetuch

185

über seiner Wampe und präsentierte ein Dutzend Schusslöcher. „Schauen Sie mal..."

Dem Glatzkopf quollen die Augen aus dem Kopf. „Das ist ja..."

„Ein Sterblicher dürfte von so was mausetot umfallen.", grinste Svante. „Nicht aber ein slawischer Fruchtbarkeitsgott. Der stopft sich das mit Kaviar zu..."

Bleich taumelte der Versicherungsagent zurück. Gleich darauf war er vom Sonnendeck verschwunden.

„Echt cool!", reckte Morten den Daumen in die Höhe.

„Der nihilistische Brillus da hinten hat garantiert so eine Sterbeversicherung.", mutmaßte Ove. „Das ist was für Leute seines Schlags."

Poul hatte sich zu Svante gedreht. „Erzähl uns doch mal, wer dich so gesiebt hat?"

„Die Wächter von Auschlitz.", sprach der Gefragte. „An einem grässlicheren Ort war ich nie zuvor. Von dort haben wir ganz viele bedauernswerte Gefangene befreit, sogar Kinder darunter, stellt euch vor!"

Auch Ove hatte sich nun aufgerichtet. „Ihr habt Leute aus Auschlitz befreit? Kein Witz?"

„Wenn wir nicht ganz zufällig daran vorbeigekommen wären, hätten wir nicht geahnt, dass es so was geben kann.", fügte Loki hinzu. „Das war schlimmer als Jotunheim!"

„Und leider nicht der einzige so finstere Platz. Davon gab's so einige.", sprach Poul betroffen. „Wer so in der Sonne lümmelt wie wir gerade, hat Mühe, sich etwas derart Abgründiges vorzustellen..."

„Vor Auschlitz würde sich sogar mein Fenriswölfchen gruseln.", war Loki überzeugt.

Nachdem sie wahrhaft den ganzen Tag auf dem Sonnendeck vergammelt hatten, beschlossen sie, wenigstens einen aktiven Abend zu verbringen. In ihrer Stammbar traten sie als fünfköpfige Band mit Stimmungsliedern sowie Zaubertricks auf. Als Morten am Ende mit dem Hut rum ging, konnten sich die Spenden sehen lassen.

„Gar nicht so brotlos, unsere Kunst!"

„Hört mal, Freunde: Am letzten Abend unserer Reise soll hier ein Wettbewerb stattfinden, bei dem der beste Entertainer gekürt wird!", eröffnete Morten erregt. „Lasst uns da dabei sein und den ersten Platz abräumen!"

„Was gibt es denn als Preis?", horchte Svante.

„Stellt euch vor: Eine Kreuzfahrt auf den Spuren der Titanic..."

„Mit Eisberg inbegriffen?", grinste Ove.

„Nix für mich.", murmelte Poul.

Als Loki und Svante spät am Abend auf ihre Schlafplätze sanken, stellten sie staunend fest:

„Wir haben uns heute den ganzen Tag tadellos benommen!"

„Und das bleibt auch so bis zum Ende unseres Trips!"

Allerdings begann der vorletzte Reisetag mit einem Wermutstropfen. Beim Frühstück fehlten nämlich auf dem Buffet die Bananen, die sowohl Loki als auch Svante außerordentlich gern aßen.

„Sind euch die Bananen ausgegangen?", wandte sich der Ase ans Personal.

Der Kellner druckste. „In der Küche hat's einen Zwischenfall gegeben?"

Loki zog die Stirn kraus. „Einen Zwischenfall ohne mein Zutun?"

„Ich darf darüber eigentlich kein Wort verlieren.", wand sich der Kellner verlegen. „Denn wenn sich das rumspricht..."

„Also, ich bin nicht einer von der Sorte, die was austratscht.", versicherte Loki. „Und da Sie immer so großzügig sind mit meinem verfressenen Kumpel, geb ich Ihnen mein Wort, dass alles unter uns bleibt..."

Sein Gegenüber zögerte. „Also abgemacht. Heute Abend darf Ihr Begleiter sich wieder am ganzen Gugelhupf bedienen. Nun, es ist so... in einem der Bananenkartons ist ne Bananenspinne aufgetaucht..."

Loki spitzte die Lippen. „Eine Spinne in einem Karton. Und deshalb traut sich keiner mehr, da Bananen rauszuholen? Ist das jetzt ein Witz?"

„Na ja," blinzelte der Kellner, „so ne Bananenspinne... die

189

Dinger sind höllisch giftig..."

„Das ist natürlich was anderes.", nickte Loki. „Dann muss der Sicherheitsdienst ran, schätz ich."

„Das Schlimme ist... dieses Monster ist inzwischen unauffindbar.", stammelte der Mann. „Man hat schon die gesamte Küche auf den Kopf gestellt!"

„Im Ernst?" Loki kratzte sich am Kinn. „Also kann das Ungetüm theoretisch überall auf dem Schiff rum spazieren und ahnungslose Passagiere beißen! Na Super!"

Als sie sich später mit Ove, Poul und Morten trafen, fragte Loki jene sogleich:

„Kennt ihr euch mit Bananenspinnen aus?"

Ove, wie immer mit glimmender Zigarre, zwinkerte argwöhnisch zu ihm auf. „Wieso? Haste eine in deinem Bad gefunden?"

„Interessiert mich halt einfach. Sind die Viecher tatsächlich so giftig?"

Jetzt nahm Ove sogar seine Zigarre aus dem Mund. „Mensch, giftiger als drei Schwiegermütter, hab ich gehört!"

„Und wie sieht so eine Bananenspinne aus?", horchte Svante. „Wie eine Tarantel?"

„Noch größer und noch ekliger!", verzog Poul das

Gesicht. „Etwa so groß wie meine Hand!"

„Hört mal, Leute!", schaltete sich Morten ein. „Können wir vor dem Dinner kein anderes Thema erörtern?"

Ove blieb misstrauisch. „Das interessiert dich nicht einfach so, Loki. Ich kenn dich mittlerweile. So ein Tierchen krabbelt nicht doch zufällig in eurer Kabine rum?"

Loki flüsterte ihm etwas ins Ohr. Oves Züge wurden lang.

„Schöner Schlamassel. Und das vor unserem großen Auftritt heute Abend!"

„Bis dahin muss das Ungeheuer liquidiert sein!", sprach Morten.

„Kein Wort an andere, sonst bricht ne Panik aus!", mahnte Svante. „Aber wenn wir Fünf uns des Problems annehmen, springt vielleicht eine Belohnung für uns raus!"

Und so begab man sich unverzüglich gemeinsam auf die Suche nach der Horrorspinne. Baba Jagas Zauberdecke sollte ihnen dabei wertvolle Dienste leisten.

„Mit Hilfe der Decke können wir nämlich überall dahin gucken, wo der Sicherheitsdienst nicht hingucken kann.", zeigte sich Loki zuversichtlich.

„War uns gleich klar, dass es mit dieser Decke eine

besondere Bewandtnis haben muss.", blinzelte Morten.

Nun begann wieder eine lange Wanderung durch die gigantischen Innereien der Bombastic. Dabei kreuzten sie irgendwann die Wege des Sicherheitsdienstes.

„Meine Perserkatze ist entlaufen.", spielte Loki den Betrübten. „Ein wertvolles und so liebes Tier! Dürfen wir uns ein wenig umschauen?"

„Meinetwegen – aber Maschinenräume und Küche sind tabu.", erklärten die Security-Leute streng.

Trotz Einsatzes der Decke blieben ihre Anstrengungen fruchtlos. Am Abend traf man sich übermüdet in der Stammbar.

„Die Panne scheint sich noch nicht rumgesprochen zu haben.", tuschelte Svante. „Alles ist total entspannt."

Auf einmal weiteten sich Pouls Augen. Wie gebannt starrte er auf Lokis breitkrempigen Pink-Hut. Unwillkürlich folgten ihm aller Blicke.

Loki schaltete rasch. „Sagt nichts, Leute. Ich weiß Bescheid. Wer traut sich?"

„Na, Ehrensache!" Ganz behutsam streckte Svante seine Pratzen aus und umschloss das Riesenexemplar von Spinne, das es sich auf der breiten Hutkrempe gemütlich gemacht hatte. Diskret zog er sich dann mit seinem Fang nach draußen zurück. Im Gang betätigte Loki einen Alarmknopf, so dass der Sicherheitsdienst im

Nu zur Stelle war.

„Wir hätten Ihnen da jemanden zu übergeben…"

Wenig später saß das Monstrum in einem leeren Einweckglas. Während sich Loki und Svante förmlich die Augen aus dem Kopf staunten, war Poul nah dran, sich zu übergeben.

„Fast so imposant wie meine Midgardschlange!", schwärmte der Ase. „Welch Ehre, dass die sich ausgerechnet meinen Hut auserkoren hat… Svante, du hast was gut bei mir…"

„Kriegen wir ne kleine Belohnung?", fragte sein Gefährte die Security-Leute. Gleich darauf kehrte er mit leuchtenden Augen zurück.

„Heute Abend – Dinner am Kapitänstisch!"

Morten stutzte. „Was ist denn mit deinen Händen passiert?"

Svantes Handflächen waren mit dicken roten Pusteln übersät. „Die muss wirklich arg giftig sein, wenn sogar ich was spür! Aber das juckt nur ein bisschen…"

Da sackte Poul zusammen. Gerade noch konnte Poul ihn auffangen.

„Unser Sensibelchen! Als hätte das Biest ihn gebissen! He, Poul! Aufwachen! Sonst verpasst du noch das Kapitänsdinner!"   *

Da saßen sie nun alle miteinander beim Kapitänsdinner, und Kapitän Nepomuk Güldenkamm war eine Gesellschaft, an der sie im Laufe des Abends immer mehr Gefallen fanden.

Da Loki Svante vor dem großen Ereignis wiederholt streng ermahnt hatte, den anderen nicht alles weg zu futtern, gleich welche kulinarischen Freuden da aufgetischt sein mochten, benahm sich sein Gefährte leidlich beherrscht. Als die Tafel schließlich abgeräumt wurde, konnte er es dennoch nicht lassen und fragte:

„Was passiert nun mit den Resten?"

Kapitän Güldenkamm schmunzelte. „Die Reste vom Fleisch kriegt mein Mops Punky, die Kuchenreste wandern in den Müll."

„Oh, wie traurig!", bedauerte Svante. „Der leckere Kuchen! In meinem Magen wär noch ein Eckchen frei."

„Das ist nämlich unsere Restmülltonne.", frotzelte Loki. Unter dem Tisch versetzte Svantes Fuß ihm einen derben Kick.

Des Kapitäns Mops hatte sich neben Poul platziert und sah genauso zufrieden aus wie Svante nach dem Mahl.

„Er scheint zu merken, dass ich ein Mopsfreund bin.", lächelte Poul. „Ich hätte so gerne auch ein Möpschen, aber meine Alte hat's untersagt!"

„Tja, bei Yvonns Hundehaarallergie...", seufzte Morten.

„Ach, die bildet sich das doch nur ein!", schnaubte Poul.

„Nun, da habe ich als Junggeselle einen Vorteil.", schmunzelte Kapitän Güldenkamm.

Loki nickte. „Als Hagestolz muss man auf niemanden Rücksicht nehmen. Wissen Sie, mein Lieber, ich hab mir ja auch mal eine Auszeit aus meiner Ehe genommen, um mit guten Freunden diese Kreuzfahrt zu machen..."

„Dasselbe gilt für mich.", schmatzte Svante die Reste. „Weg vom ewigen Blablabla daheim..."

„So, jetzt kommt ein schöner Portwein auf den Tisch!", verhieß der Käpt'n. Und es sollte sich herausstellen, dass er dem Alkohol ganz tüchtig zusprach. Er wurde nämlich immer redseliger.

„Das ist die netteste Runde, die ich seit dieser Fahrt an meinem *Round Table* habe!", schwärmte er. „Sie können sich ja gar nicht vorstellen, was für dämliche Charaktere hier schon saßen..."

„Oh, danke für das Kompliment!", nestelte Loki an seiner Pink-Federboa. „Darf ich mal eines fragen: Ob Sie eventuell von dem Hahn Güldenkamm abstammen, der in Asgard den Weltuntergang verkünden soll?"

„Ein Hahn, der den Weltuntergang verkündet?", nuschelte der Käpt'n schon reichlich benebelt.

„Oder Ragnarök, wie man's nimmt. Leider, fürchte ich, wird wohl Güldenkamms Krähen nichts bringen..."

„Von so was nie gehört.", meinte der Käpt'n nachdenklich. „Ich komm ja auch nicht von der Waterkant, sondern aus Entenbach..."

„Und wie sind Sie dann als solche Landratte zur Seefahrt gekommen?", staunte Morten.

„Das war ja gar nicht mein Wunsch, sondern Wille meines autoritären Vaters!", gestand Güldenkamm errötend.

Loki beugte sich vor. „Sie hatten einen autoritären Vater? Da kann ich mit Ihnen gut mitfühlen. Mein Alter ist auch die Autorität schlechthin! Alles hat nach seiner Pfeife zu tanzen! Da gibt es nur eines: Durchbrennen!"

Der Kapitän schaute ihn zerknirscht an. „Dazu hat mir, offen gestanden, immer der Mut gefehlt. Und natürlich das Geld."

„Und so sind Sie dann zähneknirschend zur See gegangen.", nickte Ove.

„Und seitdem knirsche ich nachts derart heftig mit den Zähnen, dass ich eine Beißschiene tragen muss.", sprach Güldenkamm geknickt.

Alles schaute ihn mitfühlend an. „Aber ist das nicht ein Traumjob, so ein Riesenschiff zu führen?", fragte sich Poul. „Also ich beneide Sie darum."

„Na, wenn Sie wüssten!", stöhnte Güldenkamm. „Von wegen Traumberuf! Mir liegt das gar nicht, über so viele Menschen zu kommandieren. Reisen tu ich zwar gerne und was erleben auch..." Er schenkte sich nach und bat den Steward um eine neue Ladung Portwein. Derweil hatte sein Mops Punky es sich auf Pouls Schoß bequem gemacht.

„... Ich bin wirklich gesellig.", plauderte der Käpt'n weiter. „Aber Sie können sich nicht vorstellen..." Abermals hielt er inne. „Ich finde, es wird Zeit für das Du! Gestatten: Nepomuk..."

„Loki."

„Svante"

„Ove"

Poul"

„Morten"

„Zum Wohl alle miteinander!", hob der Kapitän sein Glas. „Wo war ich stehengeblieben?"

„Dass du gesellig bist.", half Poul weiter.

„Eine überaus gesellige Natur, fürwahr! Mit euch hier zu tafeln ist die reinste Freude. Aber in den Tagen zuvor... Da war zum Beispiel so einer, der immer wieder versichert hat, dass die Bombastic sinkt..."

Loki grinste. „Unser Nihilist..."

„Oder diese Madame von der Starkenburg. Angeschickert hat die mir einen Heiratsantrag gemacht…"

„Ach, dir auch?", rief Svante aus. „Die wird man kaum mehr los. Ich geb dir einen Tipp. Du darfst auf keinen Fall das ihr geklaute Collier wiederfinden!"

Ove und Loki tauschten einen schnellen Blick.

„Wie komm ich denn auch dazu", brummelte Güldenkamm, „wo das Sache des Sicherheitsdienstes ist."

„Ganz richtig. Ihr habt ja einen vortrefflichen Sicherheitsdienst hier an Bord.", lobte Ove beflissen. „Der treibt sogar entlaufene Bananenspinnen wieder auf…"

„Seht ihr," hob der Käpt'n lallend den Finger, „was sich hier alles tummelt: Exaltierte Millionärinnen, Depressive, Bananenspinnen! Und ganz unter uns, im Vertrauen: Die Bombastic ist der reinste Schrottpott! Die sollte ja schon längst abgewrackt werden. Dann hat man sie nochmal vorgekramt, ein bisschen neuer Anstrich, neues Mobiliar… alles Augenwischerei. Ein Wunder, wahrhaftig, dass das alles noch nicht auseinandergefallen ist!…"

Ove kratzte sich an seinem Spitzkinn. „Jetzt redest auch du schon wie der Nihilist…"

„Nein, ich spreche als Realist!", betonte Güldenkamm. „Bei meiner Kapitänsehre! Wir sitzen auf einer tickenden Zeitbombe..."

Unbehaglich rückte Morten auf seinem Stuhl hin und her. Und das, wo der Abend sich so gemütlich entwickelte...

Loki schaute den Käpt'n, der sich nur noch mit Mühe aufrecht halten konnte, stirnrunzelnd an. „Vielleicht solltest du mal richtig ausschlafen, Nepomuk. Morgen kommen wir ja ohnehin im Heimathafen an."

„Trink jetzt lieber nichts mehr.", fügte Ove hinzu.

„Sonst kommen noch mehr so olle Gedankenformen.", nickte Poul.

„Sollen wir dich ins Bettchen bringen?", bot Morten an. „Wir singen dir auch ein Schlafliedchen..."

„Und wenn du magst, speisen wir den letzten Abend wieder zusammen.", schmunzelte Svante. „Wir halten dich bei guter Laune."

Kapitän Güldenkamms Bauchgefühl hatte ihn beileibe und auch leider nicht getrogen!

Die tickende Zeitbombe – das war allerdings weniger die Bombastic selbst, als vielmehr ein gewisser blinder Passagier: Nämlich jenes Kätzchen, das seinerzeit mit Loki und Svante aneinandergeraten und von Ersterem schließlich rüde in die Maschinen-Katakomben verbannt worden war! Dort hatte es, inmitten von Staub und Lärmen, eine erbärmliche Zeit zugebracht und in seinem kleinen Katzenhirn entsprechende Aggressionen angesammelt.

Welche Mühen es hatte erdulden müssen, um von keinem aus der Besatzung entdeckt zu werden, stets auf der Hut, irgendwo in dunklen Winkeln und Nischen lauernd. Ein paarmal wäre es beinahe unter Säcke und schwere Kisten geraten! Und zu futtern war auch kaum was aufzutreiben gewesen, abgesehen von ein paar Krümeln, wenn Arbeitspausen gemacht wurden.

Immerhin hatte es sich wacker durchgeschlagen, und endlich war ihm die Flucht aus diesem Orkus geglückt! Über Treppen und Gänge gelangte es zunächst in die Küche. Dort stürzte es vor Durst beinah kopfüber in einen Bottich Milch. Als es sich in einem der Bananenkartons verstecken wollte, um sich dort in Ruhe über geklauten Schinken herzumachen, krabbelte ihr eine monströse Spinne in den Weg.

„Raus hier! Das ist mein Reich!"

Fauchend verteidigte das Kätzchen seinen Platz.

„Ich warne dich!", versetzte die Spinne. „Bin ein richtiges Giftpaket!"

Als die Spinne allerdings die Krallen sah, besann sie sich doch lieber auf Rückzug. Wie der Leser bereits weiß, führte ihre Odyssee sie schließlich auf Lokis schicken Pinkhut und von dort in Einzelhaft in ein Einweckglas.

Auch das Kätzchen wanderte, gestärkt von Küchenbeute, immer weiter aufwärts. In seinem Kopf wohnte nur ein Gedanke: RACHE!

Auf seiner Wanderung durch diverse Räumlichkeiten traf es – o welch Schicksalsfügung – die Riesenspinne wieder! In einem großen Glas jämmerlich gefangen dämmerte jene vor sich hin.

„Na, du Giftzwerg!", sprach das Kätzchen triefend vor Schadenfreude. „Bist ja wohl nicht weit gekommen..."

„Sieh zu, ob du weiter kommst!", versetzte die Spinne schnippisch.

Eine Weile blieb das Kätzchen sitzen, sich die Pfoten leckend. „Du bist mächtig giftig, sagtest du?"

„Giftig bis zum Abwinken.", grinste die Spinne.

„Sicher möchtest du dich doch an denjenigen rächen, die dich da eingesperrt haben, oder?"

„Ich denk fast an nix andres mehr!"

Da kippte das Kätzchen mit seiner Pfote das Glas um; sein Deckel war auch rasch geöffnet. „Somit haben wir was gemeinsam und sollten uns zusammenschließen gegen diese zweibeinige Brut!"

„Klasse Idee!", frohlockte die Spinne. „Denen machen wir jetzt aber Beine!"

So nahm das Unheil seinen Lauf. Zunächst freilich unbemerkt von den unbeschwerten Reisenden. Zu allem Übel gabelten die Konspiranten unterwegs immer mehr Verbündete auf. So schloss sich ihnen etwa ein Cairn Terrier an, der von seinem Frauchen zu dieser stumpfsinnigen Seereise gezwungen worden war (obwohl er viel lieber zu Hause geblieben wäre). Wer Besitzer eines Cairn Terriers ist, kennt ihre legendäre Sturheit und weiß, dass Groll sie zu allerlei antreibt...

Kurz darauf waren sie bereits zu viert, da sich ihnen eine aus der Luxus Class ausgerückte Boa Constrictor anschloss. Tagelang war die seekrank gewesen und nun entsprechend sauer.

Eine dänische Dogge, die unzufrieden mit dem auf der Bombastic gebotenen Futter war, konnte von dem Cairn Terrier leicht überredet werden.

Während die Bananenspinne auf Alleingang war, beschlossen die anderen, in Zweiergruppen Terror zu verbreiten. Zunächst einmal wurden die Sonnendecks gestürmt. Fast sämtliche noch artigen Haustiere standen nun vor der Entscheidung, mit ihren Besitzern zu flüchten oder sich dem Abenteuer anzuschließen! Also gab es noch einmal etliche Überläufer.

Schnell grassierte unter den Passagieren eine ausgewachsene Panik. Die langen Gänge waren von umher Rennenden verstopft; man lief sich um, stolperte, kreischte. Und nicht einmal in Bars oder Restaurants, selbst nicht auf Toiletten, schien man sicher. Toiletten oder Aufzug waren nämlich Territorium der Bananenspinne. Das Kätzchen als Rädelsführer nahm sich die Kommandobrücke vor. Dort sprang es erst mal dem Ersten Offizier in den Nacken.

Bevor es sich freilich auf Kapitän Güldenkamm stürzen konnte, eilte Mops Punky in heldenmütigem Einsatz seinem bedrängten Herrchen zu Hilfe. Katze und Hund lieferten sich ein erbittertes Duell, das den armen Mops schwer verletzt zurückließ. Während Güldenkamm den Helden aus der Gefahrenzone zu bergen suchte, verbiss die entfesselte Katze sich bereits im Bein des Zweiten Offiziers. Der Dritte Offizier kramte verzweifelt nach einer Schusswaffe. Wo blieb bloß der Sicherheitsdienst?

Der wurde ja von der Dogge beschäftigt! Kaum dass sich eine Pistole auf sie richtete, war der Schütze schon zu Boden gegangen. Sie war ein exzellent abgerichteter Wachhund!

203

Längst war die Bombastic führerlos. Tiere hatten die Herrschaft übernommen. Den Möwen hoch am Himmel war das nicht entgangen. Nun wollten auch sie ihren Spaß und fielen in Mengen über das Chaos her! Auf den Sonnendecks feierten sie Party!

Die auf einer nahen Sandbank faulenzenden Kegelrobben beobachteten voller Bedenken das umher eiernde Riesenschiff, das ihrem Sonnenplätzchen bedenklich nahe kam...

Und wie waren in alldem Durcheinander unsere Protagonisten davon gekommen? Als der Sturm hereinbrach, hatten sie in einem Bistro gerade einen Cappuccino geschlabbert und sich auf den großen Musikwettbewerb vorbereitet. Zunächst war ihnen ganz und gar nicht klar, was da eigentlich abging...

„Wovor reißen die nur alle aus? Geht die Bombastic jetzt doch unter?"

„Augenscheinlich. Wir dürfen uns der Panik bloß nicht anschließen. Nur ruhig bleiben, Freunde. Sind sowieso zu wenig Rettungsboote an Bord, ihr wisst ja..."

Das war typisch Loki. Entspannt trank er seinen Cappuccino leer, während das Bistro sich hastig leerte. Ove, Poul und Morten glotzten sich ratlos an.

„Also, bislang kommt mir nix wie Schlagseite vor..."

„Vielleicht ist das eine Übung."

In diesem Moment wurden im Eingang des Bistros ein Paar unheimliche Glühaugen sichtbar. Sie blieben auf unsere kleine Gruppe geheftet.

Loki standen die Haare zu Berge. Diese Augen kannte er nur zu gut. Und er hatte allen Grund, um seinen zweiten schönen Anzug zu fürchten.

„Guckt mal!," rief Poul arglos aus. „Da streunt ein niedliches Kätzchen rum..."

„Von wegen niedlich!", knurrte Svante. „Die hat uns schon voll auf dem Kieker!"

Der Kopf des Kätzchens blähte sich vor Hass, und ihr Maul öffnete sich zu einem geradezu grauenerregenden Fauchen. Loki, der den Ernst der Lage begriff, warf geistesgegenwärtig Baba Jagas Zaubermantel, den er durch Klopfen auf einen braunen Flicken vergrößert hatte, über sie alle.

„Hu, was...?", gluckste Morten.

„Still, und alle mir nach!"

Unsichtbar für ihren fürchterlichen Feind gelang ihnen tatsächlich der Rückzug. Als Loki nochmal hinter sich blickte, sah er die Katze irritiert das Bistro durchstreifen.

Indes klopfte Loki auf einen grünen Flicken, um sich einen Überblick zu verschaffen, was eigentlich an Bord los war.

„Das glaubt ihr jetzt nicht! Ein paar Dutzend Tiere haben das Schiff völlig in ihre Gewalt gebracht! Fast alle Passagiere haben sich in ihren Kabinen verbarrikadiert!"

„Hä?! Was für Tiere?", stutzte Ove.

„Da seh ich... eine Boa Constrictor... einen Cairn Terrier... ne Dogge... diverse Katzen..."

„Die haben das Schiff geentert wie Piraten?", staunte Poul. „Was ist denn mit Kapitän Güldenkamm?"

„Der hat sich ebenfalls in seine Kabine geflüchtet! Und sein Mops Punky sieht schlimm zugerichtet aus! Wir müssen da sofort hin, Freunde!"

„Kann mir mal jemand näher erklären, was da abgeht?", stammelte Poul.

Dazu war momentan freilich keine Zeit. Loki drängte seine Begleiter zur Eile.

„Am besten klemmen wir uns alle in den Fahrstuhl, und ab zur Kommandobrücke!"

Als sie weiterhin unsichtbar den Fahrstuhl nahmen, klapperten plötzlich Pouls Zähne. „Gnnn!"

„Ist dir etwa kalt bei der Hektik?", fragte Morten.

„Guckt mal zur Decke..."

Über ihnen prangte die Bananenspinne! Da bekamen Ove und seine Brüder glatt einen Würgereiz.

„Wir sind doch für die nicht sichtbar, Leute!", zischelte Loki. „Und jetzt Klappe zu, Augen zu und da durch!"

Nicht viel später klopften sie an die Kapitänskabine. „Nepomuk, mach auf! Hier sind deine Freunde!"

Sichtlich erleichtert öffnete der Käpt'n. „Mensch, dem Himmel sei Dank habt wenigstens ihr euch heil durchgeschlagen!"

Svante war sofort zum armen Punky gestürzt, der in Verbände eingehüllt auf dem Kanapee lag. „Wer hat den Kleinen so zugerichtet? Die Dogge?"

„Eine kleine offenbar tollwütige Katze.", erklärte Nepomuk noch ganz bestürzt. „Zum Glück ist Punky gegen Tollwut geimpft. Dieses Biest aber... die hat doch glatt all meine Leute auf der Kommandobrücke außer Gefecht gesetzt!"

„Glaub ich dir unbesehen.", nickte Loki. „Das ist nämlich eine alte Bekannte. Als wir damals das Schiff betraten, hat die sich zu uns in den Fahrstuhl geschmuggelt und ihre Krallen an uns gewetzt!"

Da fiel Ove doch glatt die Zigarre aus dem Mund. „Etwa das Kätzchen in dem Bistro?"

„Eben das.", brummte Svante. „Die hat sich mir damals durchs Haupthaar gefräst..."

Poul bekam eine Gänsehaut. „Ist ja wie in Hitchcocks 'Die Vögel'..."

„Vielleicht wäre die ja nicht so ausgetickt, wenn du in dem Fahrstuhl nicht solche Blähungen gehabt hättest!", warf Loki Svante vor.

„Ich hatte keine Blähungen, ich hatte Magengrollen!", brüllte sein Gefährte.

„Es muss was passieren, bevor die Dogge meinen Sicherheitsdienst zu Hackepeter verarbeitet.", meinte Kapitän Güldenkamm betrübt.

In dem Moment gab es einen heftigen Ruck; dann setzten die Motoren aus.

„Ende Gelände!", pfiff Ove, sich zum Fenster wendend. „Augenscheinlich sind wir auf eine Sandbank aufgelaufen."

Svante beugte sich neben ihm vor. „Oh, die armen dicken Robben da unten... die haben wir ganz schön beim Sonnenbaden aufgestört..."

„Das war's dann.", murmelte Güldenkamm niedergeschlagen. „Jetzt sitzen wir hier fest."

Nun wurde alles Weitere beratschlagt. Svante kümmerte sich derweil ganz liebevoll um den Mops Punky, den er mit Schinken fütterte. „Das wird schon wieder..."

„Also, Freunde: Wir können jetzt nicht hier wie blöde rumhängen, bis irgendwann mal Hilfe kommt.", sprach Loki. „Einer muss die aufgewiegelten Tierchen zur

Vernunft bringen. Vor allem muss das psychotische Kätzchen in Verwahrung. Denn das war es sicher, was all die anderen angestachelt hat zu diesem Flashmob..."

„Du siehst aus, als hättest du bereits nen klaren Plan.", blinzelte Ove.

Loki faltete Baba Jagas Decke zusammen. „Hab ich. Und ich zieh das am besten alleine durch. Harrt hier derweil aus und bleibt ruhig."

Und schon war er im Sauseschritt abgedüst. Ove verzog den Mund mitsamt Zigarre. „Sonst hab ich doch immer den Plan. Weiß nicht, ob der Alleingang jetzt sinnvoll ist..."

„Mit der Zauberdecke gewiss.", beruhigte Svante.

Loki war geladen. Zunächst einmal beschloss er, sich seinen Erzfeind zu greifen. Er musste allerdings feststellen, dass jener das Bistro schon wieder verlassen hatte. Doch zum Glück kreuzte das Kätzchen bald seinen Weg. Er packte die Arglose im Nacken, stürmte an Deck und warf sie in hohem Bogen in die Tiefe. Da Katzen immer auf den Füßen landen, fand sie sich auf dem Rücken eines Robbenbullen wieder. Der schnaubte sie ungehalten an.

„Nun vertragt euch mal schön, da unten!", grinste Loki und verschaffte sich mithilfe der Decke einen neuen Überblick. Auf diese Weise stellte er fest, dass die aufsässigen Tiere sich alle miteinander auf dem größten Sonnendeck versammelt hatten, wo sie offenbar eine Konferenz abhielten. Schwebenderweise begab er sich dorthin.

Tatsächlich hatten sämtliche Tiere das Deck okkupiert. In den Liegestühlen kauerten nun Hunde, Katzen, Meerschweinchen und Sonstiges. Als Loki sich mitten unter ihnen sichtbar machte, erhoben sie ein ohrenbetäubendes Gelärme.

„Hallo, Leute!", grüßte der Ase salopp. „Was wird denn das, wenn's fertig ist?"

„Die Freie Republik!", knurrte die Dogge.

„Befreiung von der Knechtschaft der Menschen!", piepte ein Kanarienvogel. Zischend stimmte die sich um ein Geländer ringelnde Boa zu.

„Wer hat denn bei euch das Sagen?", forschte Loki.

„Eine schwarze Katze.", gab ein Pudel Auskunft. „Die hat uns nämlich die Augen geöffnet..."

„Von wegen. Die hat sich inzwischen feige verdrückt!", Loki wies über die Reling. „Da unten, unter die Robben hat sie sich geflüchtet!"

Unter den Tieren entstand Verunsicherung. Das nutzte Loki aus.

„Ich weiß, dass die das alles angeleiert hat. Aber die

hat einen Dachschaden. Und man folgt doch nicht jemandem mit Dachschaden, oder?"

Alles, mitsamt der Möwen, schien perplex. „Also, wenn das so ist..."

Loki lehnte sich gegen die Reling. „Seid ihr denn alle so unzufrieden mit euren Frauchen und Herrchen, dass ihr sie nun loswerden wollt?"

Ihm antworteten verlegene Mienen. „Na ja, die nerven schon bisweilen..."

„Wisst ihr," schmunzelte Loki, „meine Sippe hat mich dermaßen genervt, dass ich erst mal auch auf Abstand gegangen bin. Aber ich kann mich selbst versorgen, ihr nicht. Ihr braucht die Menschen. Nicht wahr?" Er wandte sich an den Pudel. „Du schaust ja ganz aufgeweckt aus. Und ich wusste schon immer, dass Goethe sich irrte, als er in des Pudels Kern den Teufel vermutete..."

„Na, endlich stellt das mal jemand klar!", freute sich der schwarze Pudel. „Jedes Jahr zu Ostern werden mein Herrchen und Frauchen, wenn sie mit mir Gassi gehen, angesprochen von solchen Goethe-Fans, die dann blöd fragen: 'Ist das des Pudels Kern'?"

Loki schmunzelte. „Zugegeben können Menschen manchmal ziemlich pathologisch sein. Aber ihr seid nun mal auf sie angewiesen. Daher mein guter Rat:

Beruhigt euch wieder. Denn seht: Eure Herrchen und Frauchen harren voller Angst in ihren Kabinen aus..."

„So ein Denkzettel kann nicht schaden!", grollte die Dogge.

Loki trat ihr gegenüber. „Sag mal... gibt es den Sicherheitsdienst noch?"

„Klar!", leckte sich die Dogge. „Die haben nur alle am Hinterteil ein Loch in der Hose."

Loki traute sich, das Riesentier zu streicheln. „Na, ihr stellt mir Sachen an! Doch bin ich sicher, dass man mit euch nachsichtig sein wird. Da verlasst euch mal ganz auf mich. Ich stelle klar, dass das ganze Chaos auf das Konto der gestörten Katze geht..."

„Ich glaub eh, die ist ein blinder Passagier!", wedelte der Pudel. „Die hat gar kein Frauchen und Herrchen..."

„Vielleicht ist sie deshalb so gestört.", überlegte Loki. „Na ja, jetzt hat sie ja Gesellschaft von den Robben..."

„Ist das Tribunal damit aufgelöst?", fragte der Pudel.

Loki dachte kurz nach. „Ich würd mal sagen... Besser, ihr bleibt hier oben, bis eure Frauchen und Herrchen euch abholen kommen. So könnt ihr noch ein bisschen Spaß haben mit den Möwen. Aber die Insurrektion ist zu Ende!"

Nun kam die Boa angekrochen. „Könntest du uns noch

einen Gefallen tun? Nämlich all unsere Beschwerden sammeln, die wir haben, und sie unseren Besitzern vorlegen?"

Loki lächelte. „Da ich der geborene Diplomat bin, übernehm ich das gerne."

Erst einmal schwebte er in Kapitän Güldenkamms Kabine, um zu melden, dass der böse Spuk vorüber war. Güldenkamm nahm sich nun ein Megaphon und trommelte seinen Stab zusammen zur Besetzung der verwaisten Kommandobrücke. Dann wurde endlich ein Funkspruch abgesetzt zur Meldung des Schiffbruchs.

„Ist auch wirklich die Luft rein?", fragte Poul bang. „Wo befindet sich derzeit diese Killerkatze?"

„Die kegelt mit den Kegelrobben.", schmunzelte Loki.

„Und die Dogge?"

„Wartet artig auf ihre Besitzer." Loki ließ nun seine Gefährten wieder allein, um sich zurück aufs Sonnendeck zu begeben. Dort trafen nach und nach die Passagiere ein, welche ihr ausgerissenes Haustier wieder in Empfang nehmen wollten. Der erste war ein russischer Oligarch, überglücklich, seine Boa Constrictor in die Arme schließen zu können.

„Moment.", trat Loki in den Auflauf. „Unsere lieben Tierchen haben nämlich auf ihrem Revolutionstribunal einige Beschwerden zusammengetragen, die ihr euch anhören solltet!"

„Beschwerden?", staunte der Oligarch. „Hat sich meine süße Mimi etwa zu beklagen?"

Die Boa Mimi entzog sich seiner Annäherung. „Keine Schiffsreisen mehr mit mir! Da musst du dir andre Gesellschaft suchen! Was du toll findest, finde ich nämlich noch lange nicht immer toll!"

Verlegen trat der Oligarch von einem Fuß auf den anderen. „Ja, hätte ich das früher gewusst…"

„Wenn Sie das beherzigen, werden Sie noch lange etwas von Mimi haben!", klopfte Loki dem Russen auf die Schulter. „Schöne Grüße übrigens von Baba Jaga!"

„Was – die alte Hexe lebt noch?"

„Und wie! Dank ihrem speziellen Borschtsch-Rezept…"

Der Cairn Terrier ließ seinem Frauchen via Loki ausrichten, dass er viel lieber die heimatlichen Pfade und ihre tollen Gerüche erkundete als so ein steriles Schiff. Er begrüßte es allerdings, einige interessante neue Freunde getroffen zu haben. Die Dogge forderte frischeres Futter und mehr Landausflüge mit ordentlich Zeit zum Auslauf. Und so weiter…

Längst hatten sich die Möwen wieder gen Himmel aufgeschwungen. Auf dem Sonnendeck traten wieder geregelte Verhältnisse ein. Schließlich bedankte sich der schwarze Pudel noch bei Loki.

„Im Pudel steckt nie und nimmer ein Teufel.", verklarte jener den Besitzern. „Das war nur so ein Tick von Goethe. Auch das klügste Hirn kann mal daneben liegen..."

Auf einmal wurde Svante sichtbar – mit Mops Punky an der Leine. Letzterer und der Pudel beschnupperten sich interessiert. Da sich der Pudel als Dame rausstellte, bahnte sich sogleich eine Bekanntschaft an.

„Schau dir das an!", grinste Svante. „Wie's ihm da gleich besser geht, bei dem weiblichen Duft..."

„Was passiert denn eigentlich jetzt mit der Hauptübeltäterin?", fragte Ove, der hinter Svante nun auftauchte.

Man lugte über die Reling in die Tiefe.

„Offenbar lehren unsere Robben das Biest, was Anpassung bedeutet!", grinste Morten. „Die kriegt ja dort unten einen Anschiss wie ein Rekrut bei der Grundausbildung!"

„Nicht, dass die sich wieder über irgendwelche Abwege an Bord schleicht.", grauste sich Poul. „Man sollte die im Auge behalten..."

„Jetzt ist erst mal wichtig, dass jemand kommt, uns hier rauszuholen.", winkte Morten ab. „Der Güldenkamm ist ja so fertig! Trotzdem ist er bereits auf der Brücke emsig, um wieder Ordnung herzustellen.

Heute Abend besäuft der sich garantiert!"

Allmählich füllte sich das Deck nun wieder mit zweibeinigen Passagieren. Darunter war ein kleines Kind, das partout nicht aufhören wollte, zu plärren.

„Vielleicht sollten wir dem Kind was vorsingen.", schlug Morten vor. „War ja schließlich wirklich alles ein bisschen aufregend für sein junges Leben..."

Sie probierten es mit den „Drei Chinesen" samt Strophen, doch es wollte nichts helfen. Nicht einmal, als Svante hinzu trat und auf all seinen vier Gesichtern zugleich Visagen schnitt!

„Ich glaube, ich habe da die geniale Lösung!", schnippte Loki mit den Fingern. Schon war er zu dem Kleinen gestiefelt, der im Schoß der ratlosen Mutter plärrte und plärrte. Loki hockte sich dicht vor ihn.

„Hallo, mein Schreihälschen? Kannst du schon sprechen?"

„Wäääähhh!"

„Jetzt hör mir mal gut zu und dann sprich mir nach: Preußische Presspatrouille!"

Für einen Moment verstummte der Kleine tatsächlich. Seine Kulleraugen hingen wie gebannt an Lokis Lippen.

„Preußische Presspatrouille!"

Ove hatte glatt seine Zigarre aus dem Mund

genommen. „Preußische... was?"

„Preußische Pratupr...", mühte sich Morten. „Mann, ist das ein Zungenbrecher!"

Auf einmal schleuderte ihnen das Kind ein krähendes Gelächter an die Ohren. „Pruprapro!..." Es war nicht mehr zu stoppen. Vorwurfsvoll schaute die Mutter zu Loki.

„Oh je – da hab ich aber was angerichtet.", entschuldigte sich jener. „Wie kriegen wir das Programm wieder gestoppt?"

Da kam ihm das Schicksal zu Hilfe. Aus der Ferne ertönte ein langgezogenes Tuten. Die Seenotrettung nahte. Und das war für den kleinen Buben nun weitaus spannender als ein Zungenbrecher...

Die Seenotrettung war noch weit entfernt, als sich das Unheil noch einmal steigerte: Plötzlich brach nämlich die Bombastic in zwei Teile! Einfach so mitten durch! Welch ein Glück, dass keiner der 5378 Passagiere in den klaffenden Riss stürzte!

„Alles, was gebaut wurde, ist wert, dass es zugrunde geht.", sprach der Nihilist beinahe feierlich. Kapitän Güldenkamm hingegen raufte sich die Haare.

„Vor allem, wenn es so ein Pfusch ist..."

Ove, Poul und Morten standen wie vom Donner gerührt. „Unsere Beute – die ist jetzt natürlich auch futsch! Die ganzen tollen Coups – umsonst!"

„Man sagt ja: Wie gewonnen, so zerronnen!"

Loki fiel derweil ein, dass in seiner Kabine noch das Manuskript seines Asen-Enthüllungsbuches lag! Für einen Moment spielte er mit dem Gedanken, hin zu schweben, um nachzusehen. Gleich darauf entspannte er sich jedoch wieder.

„Hab ja eh alles in meinem schlauen Köpfchen..."

„Was brummelste da?", trat Svante neben ihn.

„Mein Buchmanuskript liegt jetzt da irgendwo in dem Trümmerhaufen. Wahrscheinlich frohlockt gerade meine holde Sippschaft in Asgard. Aber denkste! Hab alles im Kopf:

'Die Asen heißen Asen, weil sie aus Asien stammen. Nachdem die Chinesen ihnen Eierhandgranaten an den Kopf geknallt hatten, wanderten sie über Aserbaidschan ans Asowsche Meer. Irgendwann kamen sie dann nach Asbach, wo sie eine Schnapsbrennerei gründeten. Sie hatten stets ein As im Ärmel, mampften am liebsten Aspik und benahmen sich durchaus nicht immer astrein. Asperger gab es unter ihnen ganz sicher...'"

Svante rollte die Augen. „Sonst hast du wohl keine Sorgen, was? Stattdessen solltest du mal deine Zauberdecke bemühen und klären, ob nicht doch noch wer im Schiff feststeckt!"

„Hast ja recht!", besann sich Loki kleinlaut, ließ die Asen Asen sein und schwebte los.

Als die Seenotretter endlich bei der havarierten Bombastic angelangt waren, fand er sich wieder ein.

„Da ist alles verzogen: Die Treppen, Fußböden, Decken... In den Unterdecks herrscht totale Finsternis, und dort unten stecken, wie ich hörte, noch einige fest..."

Die Bergung von Passagieren und Besatzung der Bombastic ging dank Lokis präzisen Angaben langsam, aber erfolgreich vonstatten. Tatsächlich hatte kein Einziger sein Leben lassen müssen, auch kein Tier. Allerdings blieb die Bananenspinne verschollen. Und in dem ganzen Treiben achtete auch niemand mehr auf

219

das gemeingefährliche Kätzchen, das Loki auf die Sandbank unter die Robben geworfen hatte. Als schließlich nur noch der geborstene Koloss der Bombastic dort zurückblieb, während Schiffe die Geretteten zum nahen Land brachten, befand sich jenes Kätzchen nicht mehr auf der Sandbank. Von den Robben fort geekelt, hatte es sich auf eines der Rettungsschiffe schleichen können, mal wieder völlig unbemerkt. Es versteckte sich in den Unterdecks.

Die Robben hingegen waren außer sich. Der riesige Berg Schrott warf nämlich einen Schatten auf ihr schönes Sonnenplätzchen. Freilich hatte all das auch seine gute Seite. Einige mutige Kegelrobben, die sich trauten, um das Wrack herumzuschwimmen, stöberten nämlich reichlich Speisereste auf. Der Riss war ausgerechnet mitten durch die Bordküche gegangen! Also schleppten sich die Robben kulinarische Spezialitäten auf ihre Sandbank. Bald waren sie so vollgefressen, dass sie kaum noch ins Wasser rollen konnten. Vor allem der Alkohol hinterließ seine Spuren: Mit verdrehten Augen dämmerten sie vor sich hin.

„Trotzdem kann das Ding da nicht liegen bleiben!", brummte der Robben-Oberboss. „Auch wenn das ein toller Spielplatz für die Möwen ist..."

„Wenn die das nicht bald wegräumen und es noch weiter auseinanderbricht, wird es hier lebensgefährlich. Dann müssen wir uns eine andere Sandbank suchen..."

Aber die Menschen räumten es schließlich weg. Was natürlich ein schönes Weilchen dauerte.

Kapitän Güldenkamm bekam bei dem folgenden gerichtlichen Verfahren die ganze Schuld zugewiesen – man begründete dies mit seinem übermäßigen Alkoholkonsum. Somit wurde er fristlos entlassen. Gar so unglücklich war er darüber freilich nicht.

„Aber musst du dir so was bieten lassen?", suchte ihn Ove aus seiner Lethargie zu rütteln. „Als die Tiermeuterei ausbrach, warst du doch völlig nüchtern. Und keiner deiner Leute konnte gegen diese Wahnsinnsbestie von Katze was ausrichten! Du musst in Berufung gehen!"

„Weil deine Ehre beschädigt ist!", nickte Morten. „Unsere Aussagen werden dich da raus hauen, Alter!"

Resigniert winkte dieser ab. „Ach, versaut nicht auch euch noch die Zeit mit so was..."

„Du warst ein ganz prima Käpt'n, und für den Schrott, auf den man dich da gesetzt hast, kannst du nun wirklich nichts!", sprach Poul leidenschaftlich. „Wäre ja noch schöner, wenn wir zu solcher Ungerechtigkeit schweigen würden..."

„Seht ihr," seufzte Nepomuk, „wer glaubt einem denn, dass eine Katze dieses ganze Spektakel ausgelöst hat? Ich hab mich schon lächerlich genug gemacht..."

„Mensch – es gibt doch unzählige Zeugen!", rief Morten aus. „Da hat sich ne tollwütige Katze als blinder Passagier auf die Bombastic geschlichen und ist Amok gelaufen! Ganz simpel!"

Ex-Kapitän Nepomuk hatte genug von maroden Kreuzfahrtschiffen und tollwütigen Katzen und kehrte in sein heimatliches Entenbach zurück, um dort Rosen zu züchten. Wenigstens nahm er Lokis Rat an, seine Memoiren zu schreiben. Dazu wählte er das Pseudonym „Käpt'n Gulliver der Jüngere". Mit Ove, Morten und Poul blieb er in Kontakt.

Gemäß der Erfahrung 'Die Kleinen fängt man – die Schlimmen lässt man entkommen' blieb die Monsterkatze auf freiem Fuß. Von Rachegedanken nach wie vor angetrieben ging sie in Cuxhaven von Bord. Als sie die Stadt so durchstreifte, wurden ihre Glühaugen magnetisch angezogen von einer gewissen Farbe, die ihre Mordlust hochfuhr. Sie passierte nämlich gerade den hochmodernen Turm der Telekomturei. Der magentafarbene Eingang signalisierte ihr, dass dort – ja eben dort – ihr Erzfeind wohnen musste!

Kaum dass sie durch die Drehtür in die Eingangshalle spaziert war, schaltete ihr gestörtes Hirn auf Amok! Überall Magenta! Schon hatte sie sich auf die Magenta gestrichenen Tresen der Counter gestürzt, die bereits Loki verschandelt hatte, und kratzte wie enthemmt los.

„He," kam ein Angestellter angerannt, „such dir woanders einen Kratzbaum!"

Mit einem Abdruck von Katzenkrallen im Gesicht suchte er jedoch gleich darauf Deckung. Die Damen an den Countern lösten Alarm aus, als sie begriffen, dass das keine Durchschnittskatze war...

Schließlich rückte der Sicherheitsdienst an – da aber waren sämtliche Magenta-Flächen bereits zerkratzt. Halbwegs befriedigt floh der Übeltäter vom Tatort. Er floh in die tiefen Wälder.

Als er einen besonders schaurigen Wald durchstreifte, gelangte er schließlich zu einem Tor. Da waren Männer, die einen hohen Zaun reparierten. Dennoch konnte das Kätzchen durch eine Lücke auf das umzäunte Gelände schlüpfen. Aus einem Versteck beobachtete es die Männer. Von denen trug zwar leider keiner die gewisse Reizfarbe, doch genügten sie, ihren Hass zu stillen.

Von da an wurde jenes Kätzchen zur Plage derer, die das Lager Auschlitz wieder aufbauen wollten. Keiner mochte irgendwann mehr alleine nachts Wache stehen. So wurde der Neuaufbau schließlich aufgegeben. Alle Mann hatten es eilig, von dort wegzukommen. Die leeren Baracken verfielen. Das Kätzchen starb letztendlich an giftigen Substanzen, die es dort aufgeleckt hatte. Sein verpfuschtes Leben hatte immerhin mit einer gescheiten Tat geendet...   *

Während sich diese dramatischen Dinge ereigneten, waren Loki und Svante längst unterwegs in heimatliche Gefilde, die sie ohne Zwischenfälle und Trödeleien zu erreichen gedachten.

„Wie ich mich auf meine Kleinen freue!", strahlte der Ase. „Die haben sich hoffentlich gut die Zeit vertrieben so allein. Grund zu meutern dürfte es für die nicht gegeben haben..." Da fiel ihm etwas ein. „Ich hatte Mephistopheles ja versprochen, ihm ein paar leckere Bananen mitzubringen! Die kauf ich, sobald wir an einem Edeka vorbeikommen..."

Svante zog eine Grimasse. „Bananen kann ich nicht mehr sehen, seit dieser Spinne..."

Stattdessen gelüstete es ihn, etwas zum Naschen zu kaufen; zu diesem Zweck steuerte er in die nächste Bäckerei.

„Bitte diesen schönen dicken Maurenkopf!"

Zu seinem heillosen Erstaunen maß die Verkäuferin ihn mit indignierten Blicken.

„Das heißt nicht mehr so!"

„Äh... wie... heißt's denn dann?", stammelte Svante.

„Schokokopf!", wurde er belehrt.

„Hm. Also dann einen Schokokopf. Und einen Maurenkuss hätt ich gern noch dazu..."

Die Verkäuferin schaute noch pikierter drein. „Sie meinen einen Schokokuss!"

„Äh... ja." Verlegen kratzte sich Svante. „Komisch. Als ich die das letzte Mal kaufte, hatten die noch die alten Namen..."

„... die nun aber nicht mehr politisch korrekt sind!", sprach die Verkäuferin nachdrücklich.

Aufatmend verließ Svante mit seinen Einkäufen die Bäckerei. „Du siehst ja so gestresst aus.", wunderte sich sein Begleiter.

„Bin ich auch – weil Sachen auf einmal ganz anders heißen als sonst!", mäkelte Svante. „Ein Maurenkopf heißt nun Schokokopf und ein Maurenkuss Schokokuss. Was versteht man eigentlich unter 'politisch korrekt'?"

Loki legte den Kopf schief. „Wo ist da jetzt der Zusammenhang – ich meine zwischen Backwaren und politisch korrekt?"

„Die alten Namen sollen nicht mehr politisch korrekt sein."

Auf ihrer weiteren Reise grübelte Loki unaufhörlich darüber nach. „Dann ist es wahrscheinlich auch nicht mehr politisch korrekt, Aspik zu sagen, weil man damit ja die noblen Asen beleidigen könnte. Also müsste man künftig Glibberfleisch sagen. Und ein Asperger wäre dann nur noch ein Perger..."

225

Er beschloss, bei seinem Bananenkauf äußerst vorsichtig vorzugehen und fragte auf dem Wochenmarkt nach – gelben Würsten!

„Gelbe Würste?", wunderten sich die Marktleute. Alles klärte sich auf, als Loki auf die Bananen wies.

„Warum sagen Sie denn nicht Bananen?"

„Vielleicht wäre das nicht politisch korrekt gewesen.", zwinkerte Loki. „Sicher ist sicher..."

Bald darauf vergaßen sie freilich dieses Thema. Sie waren nämlich inzwischen wieder an die Stelle gelangt, wo sie auf der Hinreise beinahe von der preußischen Presspatrouille aufgegriffen worden wären. Heute saß an jenem idyllischen Platz unter einer alten Eiche ein Schäfer, dessen kleine Herde nahbei weidete.

„Das ist ja richtig bukolisch hier!", seufzte Loki. „Da möchte man sich glatt ins Gras schmeißen und alle Viere von sich strecken!"

„Warum nicht?", zuckte Svante die Achseln. „So viel Zeit ist allemal..."

Der Schäfer grüßte zu ihnen rüber. „Letztes Mal, als wir hier des Wegs zogen, hat uns doch tatsächlich eine preußische Presspatrouille zu fangen versucht.", erzählte ihm Loki.

Der Schäfer machte gar kein erstauntes Gesicht. „Ach die! Seit Hunderten von Jahren treiben die an dieser

Stelle ihr Unwesen. Untote sind's, die einfach nicht begreifen wollen, dass ihre Zeit abgelaufen ist. Da haben sich schon etliche Touristen beschwert, denen die aufgelauert haben. Hier ist ja ein beliebter Ort für Liebespärchen..."

Svante naschte an seinem Schokokopf. „Ob die wohl jetzt wieder angeleiert kommen?"

„Wir Einheimischen nennen die die 'Blauen Funken'!", schmunzelte der Schäfer. „Uns jagen die schon keinen Schrecken mehr ein."

„Uns auch nicht mehr!", versicherte Loki. „Die haben nämlich Respekt vor dem doppelten Januskopf meines Begleiters!"

Er hatte kaum ausgesprochen, als aus dem Wipfel der Eiche eine ganze Horde Soldaten in blauen Uniformen herabsprang, zwischen sie und den Schäfer. Gemächlich nahm Letzterer die Pfeife aus dem Mund.

„Ach, da habt ihr euch heute verkrochen..."

Der wohlbekannte Kommandant hatte sich vor Loki und Svante aufgebaut. „Die haben doch die Stirn, hier wieder zurückzukehren!"

Gelassen im Gras lümmelnd blinzelte Loki zu ihm auf. „Tja, das ist unser direkter Weg heimwärts..."

„Nix heimwärts!", schnarrte der Kommandant. „Auf die Füße, sonst werden meine langen Kerls ungemütlich!"

„Ach, lasst doch den Unsinn!", mäkelte der Schäfer. „Ihr macht mir nur meine Tiere unruhig!"

„Habt ihr nicht gehört? Eure Streiche machen keinem mehr Angst!", brummte Svante.

„Zu Zeiten des ollen Fritz haben die hier mengenweise junge Männer aufgegriffen und in die Armee gepresst.", plauderte der Schäfer. „Offenbar hat ihnen das so viel Spaß gemacht, dass sie davon einfach nicht loskommen..."

Zornrot wandte sich der Kommandeur zu ihm um. „Hab ick da eben 'oller Fritz' jehört? Det heißt: König Friedrich von Preußen, verstanden?!"

„Natürlich.", entgegnete der Schäfer mit gemütlichem Lächeln. „Unser Kartoffel-Friedrich..."

Loki zupfte seinen Ziegenbart. „Ich wüsste, wo ihr haufenweise ganz stramme Kerls aufgabeln könntet..."

„Raus mit der Sprache, zack, zack!", schnarrte der Kommandeur. „Und versuch ja nicht, Fritz von Zitzewitz[xiv] hinters Licht zu führen!"

Svante glückste. „Was für ein Zungenbrecher. Zack Zack Zitzewitz!"

„Mit dir Zausel reden wir nicht!", polterte der Spieß. „Taugst nicht mal als Kanonenfutter!"

„Mein Freund ist sehr in Ordnung.", mahnte Loki. „Die

strammen Kerls, von denen ich eben sprach, sitzen in der Walhalla und saufen sich tagein, tagaus die Wampe voll. Vor allem dieser Ragnar Leuteschreck..."

Zitzewitz kam ins Grübeln. „Und wo ist dieses Gasthaus 'Walhalla'?"

Loki kaute an einem Grashalm. „Der Weg dahin ist ziemlich weit und schwer zu beschreiben..."

Da zog Zitzewitz seinen Degen und richtete ihn drohend wider Loki. „So wirst du uns als Führer dienen, mein Lieber!"

Da das ein Ase nicht mit sich machen ließ, landete Zitzewitz mitsamt seiner Kompanie zum zweiten Mal im Gras. Die Schafe blökten schadenfroh. Ehe man sich aufgerappelt hatte, waren die Frechen außer Sichtweite.

„Manchmal gerät man einfach an den Falschen.", grinste der Schäfer.

„Pah!", klopfte sich Zitzewitz auf die Hose. „Wat ein rechter Preuße ist, det ist ein Stehaufmännchen! Und wo jehobelt wird, da fallen nun mal Späne..."

Nun wurde es wirklich Zeit, nach Hause zu kommen. Auf den letzten Meilen trennten sich Loki und Svante, sich ein baldiges Wiedersehen wünschend. Endlich lag vor dem exilierten Asen seine heimatliche Insel, und bald erblickte er vor sich seine bescheidene Hütte. Vor der Haustür wurde er bereits von seinen Katzen begrüßt. Auch die Hasen hoppelten heran. Da er Mephistopheles nicht im Geäst der nahen Bäume entdeckte, schwante ihm Arges.

Als er aufgeschlossen hatte und eintrat, sah er die Bescherung: Sein Äffchen machte sich gerade an seiner Kochstelle zu schaffen, und der alte Hund futterte, was zu Boden fiel.

„Huch – schon wieder zurück?", erschrak Mephistopheles. „Ich... äh... koch dir gerade nen Borschtsch zur Begrüßung. Ist das nicht nett von mir?"

„Perfektes Timing!", wedelte Loki mit dem Zeigefinger. „Na, dann lass mich mal übernehmen, während du ein wenig das Chaos aufräumst..."

„Welches Chaos?", tat das Äffchen entrüstet.

„Na ja... hier sieht es ein bisschen aus wie Sau.", seufzte Loki. „Aber da ich heute gute Laune habe..."

Mephistopheles zog eine Grimasse. „Kannst du erst mal diese schrille Farbe da ablegen?"

„Hör mal, das ist mein Sonntagsanzug!"

Als Loki allerdings die ungehaltenen Mienen seiner anderen Mitbewohner sah, legte er doch den Anzug ab. Mürrisch beschnüffelte jenen sein alter Hund. „Wie der nach Reise stinkt!"

„Ha, was ich euch alles zu erzählen hätte! Hoffentlich habt ihr euch nicht gelangweilt..."

„Kein bisschen.", versicherten die Langohren. „Mit den Möwen am Strand haben wir geplaudert. Die haben uns immer die neusten Nachrichten erzählt..."

Loki wurde hellhörig. „Gab es denn einige spannende Nachrichten?"

„Hier nicht – aber vom Kap Arkona drüben. Da hat es einen Brand gegeben..."

„Einen Brand am Kap Arkona? Oh je, da wohnt doch mein guter Freund Svante. Na, der wird mir beim nächsten Besuch alles genauer erzählen..."

Tatsächlich stand Svante bereits am folgenden Tag völlig aufgebracht vor seiner Tür. Sein riesiges Trinkhorn hatte er auch wieder dabei.

„Jetzt stell dir vor – die haben mir meinen Tempel auf Kap Arkona abgefackelt!", polterte er außer sich los. Loki bat ihn erst mal in seine gute Stube.

„Wer ist 'die'?"

„Ha, das kann ich mir denken!", schnaubte Svante, sein Trinkhorn, das ihm der Gastgeber mit Rotwein bis oben hin gefüllt hatte, in einem Zug leerend. „Auch wenn die Leutchen sagen: Das waren die Autonomen! Oder die Wandalen!..."

Gespannt legte Loki den Kopf schief. „Vielleicht denken wir gerade dasselbe..."

„Fürchte ich auch!" Svante schielte nach dem auf der Kochplatte dampfenden Topf. „Was gibt's denn heute Leckeres bei dir?"

„Eine ganz ordinäre Fischsuppe. Weißt du, dass Mephistopheles bei mir eine Kochausbildung angefangen hat?"

Hinter Loki turnte das Äffchen munter im Dachgebälk herum. „Nun deck schon mal den Tisch für uns Drei!", wandte sich sein Meister zu ihm um. „Zum Glück hab ich bruchfestes Holzgeschirr!"

Gleich darauf wurde getafelt. „Kommt dir das nicht auch bescheiden vor – nach unserer Gourmetreise in der Luxus Class?", fragte Svante.

„Trotzdem hab ich keine Sehnsucht nach der Bombastic.", entgegnete Loki schlürfend. „Immer musste man vor dieser Monsterkatze auf der Hut sein. Oder irgendwer hat einen schief angeguckt..."

„Aber ich vermisse unsere drei Langfinger Ove, Poul

und Morten.", sinnierte sein Gast. „Schade, dass die nicht unsere Nachbarn sind..."

Mephistopheles war bereits mit seiner Mahlzeit fertig und hüpfte wieder ins Dachgebälk.

„Wenn die unsere Nachbarn wären, dann könnten wir Fünf diesem Bischof Absalon von Lund mal richtig einheizen.", beugte sich Svante vor.

„Also tatsächlich dieser Absalon.", nickte Loki. „Doch kannst du's beweisen?"

Sein Gegenüber bat um einen Nachschlag Suppe. „Offenbar hat er dem Volk Angst gemacht, denn das mauert. Dafür haben sich die Möwen, die am Kap Arkona wohnen, die feigen Brandstifter gemerkt!"

Loki grinste. „Die haben auch nix zu verlieren..."

„Die lieben Vögelchen haben mir alles haarklein gesteckt! Im Nu brannte mein schöner Tempel lichterloh! Und Herr Absalon ließ verbreiten, das wären Autonome und Wandalen gewesen..."

„Ein *False Flag*-Anschlag also.", konstatierte Loki. „Solche Sachen hab ich auch schon steigen lassen, zum Leidwesen meiner Sippe. Ich hab was Dummes angestellt und es meist auf meinen dämlichen Stiefbruder Baldur geschoben."

Svante schmunzelte. „Kein Wunder, dass die dich da oben rausgeschmissen haben..."

Auf Svantes Bitten hin begleitete ihn Loki zum Kap Arkona. Eigentlich war dies ein trefflicher Platz, mit phänomenalem Ausblick auf die Ostsee. Allerdings wurde diese Idylle von den noch qualmenden Trümmern des Heiligtums eingetrübt.

„Wirklich nur noch verkohlte Balken übrig!", staunte der Ase.

„Die müssen Brandbeschleuniger eingesetzt haben!", knurrte Svante. „Hier haben nämlich schon etliche Blitze eingeschlagen, ohne solche Verwüstung anzurichten!"

Loki hatte sich neben die traurigen Überreste ins Gras gehockt. „Weißt du, da kommt mir so ein Verdacht. Ich fand es ja von vornherein merkwürdig, dass man Schiffstickets auf deinen Altar gelegt hat..."

Svante sank neben ihn. „Du meinst, dass war ein abgekartetes Spiel von Absalon?"

„Um dich von hier für ein Weilchen wegzulocken, ganz einfach."

„Ich könnt mir vor Wut was abbeißen!", tobte Svante.

Auf einmal wurde in der Nähe ein einzelner Mann sichtbar. Auch er schien sich interessiert das anzuschauen, was mal eins der berühmtesten Heiligtümer der Region gewesen war. Misstrauisch nahmen ihn Svante und sein Gefährte aufs Korn.

„Suchen Sie was Bestimmtes?"

„Ich bin nur Tourist.", sprach der Herr. „Gestatten: Müller. Hoffentlich war der Besitzer dieses Anwesens gut versichert..."

Svante furchte die Stirn. „Wieso?"

„Na ja, bei so einem Großbrand. Man kann den Leuten nur immer wieder raten, sich gut zu versichern – mit einer anständigen Feuerversicherung, nebst Hausratversicherung, dem Üblichen halt..."

Loki kam so ein Verdacht. „Sie sind nicht zufällig Versicherungsvertreter?"

„Den Nagel auf den Kopf getroffen, mein Lieber!", strahlte der Mann. „Und Sie sind nicht zufällig der unglückliche Hausbesitzer?"

„Das ist meine Wenigkeit!", trat Svante vor. „Am besten schließ ich gleich mal so eine Versicherung ab – gegen Wandalen, Blitze und gewisse Bischöfe..."

Wie das den Herrn freute! Noch am selben Tag war die Angelegenheit unter Dach und Fach. Loki versprach seinem Kumpel, beim Aufbauen zu helfen. Und so verbrachten sie die nächsten Monate mit Bäumefällen, Sägen und Hämmern. So nach und nach getrauten sich einige Einheimische, ihnen zur Hand zu gehen. Dank vereinter Mühen stand bald ein neues Heiligtum am Kap Arkona. Es war doppelt so groß und genügte den neuesten Standards. Loki hatte Svante nämlich geraten, es auch als Gemeindehaus nutzen zu lassen – für Hochzeiten, Begräbnisse und sonstige Festivitäten sowie mit kleinem Bistro für die vielen Ausflügler, die das Kap besuchten.

„Ich sag dir, das wird jetzt ein Magnet, dass Bischof Absalon vor Wut platzt!", versicherte Loki.

Svante hingegen war skeptisch. „Dann kommt alle Welt zum Vögelbeobachten und Futtern her – und mein Altar?"

„Mann – ein Teil des Umsatzes aus dem Bistro fließt dir zu!", verdrehte Loki die Augen. „Du musst mit der Zeit gehen! Das ist eben jetzt ein Vielzwecktempel!"

„Da muss ich mich erst mal dran gewöhnen.", brummte Svante. „Sei's drum. Aber ich finde, der Knusperknabe Absalon hat ne Abreibung verdient..."

„Und zwar eine, die sich gewaschen hat!", stimmte Loki zu. „Da werd ich gleich mal meine Phantasie anstrengen..."

Es war gar nicht viele Wochen später, als Bischof Absalon von Lund einen Brief zugestellt bekam – Absender war ein frommer Mann namens Lucius, der in aller Dringlichkeit um Bekehrung einer gewissen Region im Wendenland bat. Dort hielten nämlich obstinate Heiden immer noch Totenbeschwörungen ab, womit sie die Bevölkerung in Schrecken versetzten; vor allem Durchreisende...

„.... Und da Euer Ruhm weithin strahlt, seit Vernichtung des Götzentempels auf Kap Arkona, möchten wir diese anspruchsvolle Aufgabe niemand anderem zutrauen als Eurer rührigen Eminenz!", schmeichelte der Schreiber. „Euch in aller Demut die Füße küssend,

Bruder Lucius."

Stirnrunzelnd ging Bischof Absalon das Schreiben nochmal durch. „Also... irgendein Whistleblower muss verbreitet haben, dass wir diesem abscheulichen Fressgötzen Svantevit das Heiligtum abgefackelt haben. Nun stellt sich das wohl als Vorteil raus. Ha, was wird da der Bischof von Hamburg neidisch drauf sein – dass man mich aus dem fernen Lund dazu berufen hat, das hartnäckige Heidentum unter den wendischen Landpomeranzen nachhaltig zu ersticken!"

Sogleich ließ er einige professionelle Exorzisten zusammentrommeln und präparierte sich für die Reise. Die führte ihn von Lund mit dem Schiff über die Ostsee zur mecklenburgischen Küste. Dort nahm ihn Lucius, der sich als Guide zur Verfügung gestellt hatte, in Empfang. Er war in eine lange dunkle Kutte gehüllt. Von seinem Gesicht sah man nur die markante Hakennase.

„Mein Antlitz ist von der Lepra derart entstellt, dass ich es keinen Blicken aussetzen mag.", sprach Lucius in aller Demut. „Doch freue ich mich, wenigstens zu dieser Aufgabe dienen zu können."

„Ihr seid ja barfuß!", staunte der Bischof.

„Als überzeugter Minimalist halte ich das für angemessen.", erklärte Lucius mit gesenktem Haupt. „Was diese blanken Füße schon für Pilgergänge hinter sich haben! Und nun werden sie Euch an besagten Tummelplatz übler Geisterbeschwörung auf dem kürzesten Wege bringen, Eminenz!"

Gesagt, getan. Zielstrebig führte Lucius den bischöflichen Tross durch das flache Wendenland bis zu einer idyllischen Wiese nah der Spree, wo eine knorrige Eiche sich ausbreitete.

„Die dient bestimmt noch als Opferbaum.", war sich der Bischof sicher. „Wir sollten es machen wie der alte Bonifatius und sie umhauen!"

„Ach, das wäre aber schade!", bedauerte Lucius. „Der Baum spendet nämlich dem alten Schäfer mitsamt seiner Herde hier so schönen Schatten. Und Reisende

238

ruhen sich hier auch gern unter ihren Ästen aus. Wenn nur diese Geisterkrieger verscheucht würden..."

Und da waren sie schon, die impertinenten Geisterkrieger in ihren preußischblauen Uniformen. „Sapperlot!", schnarrte Kommandeur Zitzewitz. „Wer läuft uns denn da heute über den Weg?"

Absalon erschauderte. Die gaben wirklich eine lebensechte Erscheinung ab!

Diskret hatte sich der Guide Lucius in den Hintergrund verkrümelt, um gespannt zu verfolgen, was nun kam.

Möglichst gelassen bereitete der Bischof mitsamt Gefolge alles für die Exorzismus-Zeremonie vor und kramte den Weihrauch vor.

„Wat soll denn det werden, Herr Zeremonienmeister?", lachte Zitzewitz dröhnend. „Sie brauchen mir nicht zu taufen, det bin ick schon!"

Feierlich erhob Absalon beide Arme. „Weiche, Satanas!"

Zunächst machten die wackeren Preußen große Augen. Dann prusteten sie los.

„Wer zu spät kommt, den bestraft det Leben!", suchte Zitzewitz dem Bischof zu verklaren. „Zur Erinnerung: Unser werter König Friedrich pflegt zu sagen: Jeder soll nach seiner Fasson selig werden!"

„Ich werde euch euer verderbenbringendes Treiben

austreiben!", drohte Absalon.

„Wolln wir um eine Molle wetten, dass ihr det nicht schafft?", blähte sich Zitzewitz auf.

„Mit dem Satan und seiner Brut gehe ich keine Wetten ein!", versetzte der Bischof.

Zitzewitz zuckte mit den Schultern, breitbeinig vor dem Bischof verharrend. „Also wir haben alle Zeit der Welt..."

So gab ein Wort das andere. 'Da müssen schwerere Geschütze aufgefahren werden.', beschloss Absalon ergrimmt und ließ seine bewaffnete Eskorte vortreten. Die perforierten ihre Gegenüber mit Langschwertern, Lanzen und Pfeilen. Tatsächlich lösten sich die Preußen in Luft auf.

„Schnätterengteng!", donnerte es plötzlich im Rücken aller. „Und Marsch vorwärts!"

Mit eingelegtem Bajonett rückte die Abteilung nun gegen die Berittenen vor. In Absalon kroch Übelkeit hoch, als die Schattenkrieger durch ihn durch marschierten.

„Wir wären nicht die legendären Preußen, wenn wir uns von solch einem Hokuspokus verscheuchen lassen würden!"

„Und ich wäre nicht der Bischof von Lund, wenn ich mir von heidnischen Wendendämonen auf dem Kopf rumtanzen lassen würde!", wetterte Absalon.

Als der still im Hintergrund lauernde Lucius erkannte, dass der Konflikt in absehbarer Zeit zu keinem Ergebnis kommen würde, verdrückte er sich triumphierend. Tatsächlich wurde das Treffen nie entschieden. Die Preußen wollten nicht weichen, und Bischof Absalon mochte sich mit einer derartigen Pleite erst recht nicht abfinden. So wurden er und sein Gefolge schließlich selber zu Geistern. Bis auf den heutigen Tag streiten sie sich als solche mit der preußischen Presspatrouille unter der alten Eiche – sehr zum Vergnügen von Einheimischen sowie Touristen...

Guter Dinge kehrte nun Loki zu seinem Freund Svante zurück – doch statt dass der ihn freudestrahlend empfing ob solch günstiger Nachrichten, fand er jenen zerknirscht vor seinem nagelneuen Heiligtum.

„Da hab ich dich von deinem renitenten Erzfeind befreit – und du hockst hier mit Regenwettermiene herum!", sprach er enttäuscht. „Wenn du sonstige Sorgen hast, dann lass mich gefälligst dran teilhaben!"

„Das sind Sachen, da kann auch dein Blitzverstand nix gegen ausrichten.", murrte Svante pessimistisch.

„Biste jetzt etwa unter die Nihilisten gegangen?"

„So weit ist's noch nicht, doch ist einfach nichts mehr wie früher..."

Loki grinste. „Das musste Bischof Absalon auch feststellen, als er unserem Oberst Zitzewitz gegenüberstand..."

„Auch ohne diesen Absalon bleibt mir das Volk entfremdet. Ja, sie gehen zum Tempel – doch nur, um dort im Bistro Kaffee zu trinken und zu klönen; und die Touristen, um die Ostsee zu knipsen und sich auf der Vogelwarte rumzudrängen! Meinen Altar, den beachtet kaum noch jemand – außer, um da leere Coffee-to-go-Becher abzustellen..."

„Tja," kratzte sich Loki am Hinterkopf. „Da wirst du durch müssen. Die Asen müssen auch damit leben, dass ihnen immer weniger Leute opfern."

Svante schaute auf. „Denkst du eigentlich an eine Rückkehr in dein Asgard? Oder darfst du erst, wenn man dich wieder ruft?"

„Du wirst's mir nicht glauben, aber ich habe kein Bedürfnis – selbst wenn man mir den Status der *persona ingrata* aberkennt. Nach einem hab ich allerdings Sehnsucht – nämlich mein Laboratorium, wo ich so viele tolle Sachen entwickelt habe…"

Sein Gefährte stutzte. „Wie… und nach deiner holden Gattin sehnst du dich nicht?"

„Hab deshalb auch ein verdammt schlechtes Gewissen.", murmelte Loki. „Und Sigyn kann dafür wirklich nichts. Als ich aber damals… als ich Rosetta traf, da war mir klar, dass Liebe nicht nur ein kitschiges Wort ist…"

„Das ist verdammt heikel!", nuckelte Svante an seinem Trinkhorn. „Ein Unsterblicher verliebt sich in einen Sterblichen…"

Loki nickte. „Es ist sogar tragisch. Rosetta weilt bei meiner Tochter Hel, an jenem Ort, wo Sterbliche fortleben. Dorthin hat unsereins keinen Zugang!"

„Du meine Güte, ist das vertrackt!", stöhnte Svante. „Bin ja froh, dass mir so was nicht passiert ist, bisher…"

So führten weder Loki noch sein Gefährte künftig ein besonders ungetrübtes Dasein – wenngleich es ihnen an sonst nichts fehlte. Sie pflegten ihre Freundschaft und bekamen gelegentlich Besuch von Ove, Poul und Morten.

„Wollen wir Fünf mal wieder was zusammen aushecken?", schlug Morten vor. Zu ihrer aller Überraschung reagierte Loki mürrisch.

„Fühlst du dich etwa für freche Streiche zu alt?", wunderte sich Ove.

„Er hat Liebeskummer.", flüsterte ihm Svante ins Ohr.

Das war natürlich eine herbe Enttäuschung für die Drei. Nur mit Svante zogen sie zum Bistro am Kap Arkona, um ein paar Touristen beim Kartenspielen abzuzocken. Mit seinen vier Gesichtern war Svante immer wieder eine Attraktion, und die Leute schossen massenhaft Fotos von ihm. Darüber amüsierten sich natürlich Ove, Poul und Morten.

„Warum gibst du nicht noch Autogramme?"

„Das wird mir allmählich zu blöd!", schimpfte Svante. „Anstatt dass die mir was auf den Altar legen und sich bei mir für das gute Wetter bedanken!"

Derweil kochte Loki für sich und seine Vierbeiner eifrig Borschtsch oder selbstgeangelten frischen Fisch. Eines Tages klopfte kein Geringerer als Tyr bei ihm an.

„Wir haben alle mitgekriegt, wie gut du dich hier

eingelebt hast, und dass du momentan gar nicht dran denkst, heimzukehren.", sprach Tyr schmunzelnd. „Hast du mir wenigstens das mit deinen Flip Flops inzwischen verziehen?"

„Ach, die blöden Flip Flops!", winkte Loki ab. „Ist mir ja alles recht geschehen! Heute bin ich schlauer. Und deshalb bleib ich lieber hier in Midgard bis auf Weiteres. Wenn ich nämlich zu euch zurückkehre, bin ich schnell wieder der alte Kotzbrocken..."

„So – befürchtest du das? Ja, wir durften alle feststellen, dass du eine ganz ordentliche Wandlung durchgemacht hast. So hättest du unter uns wieder einen Platz.", erklärte Tyr.

„Wenn ich mein Asen-Enthüllungsbuch rausgebracht habe, werdet ihr das anders sehen!", grinste Loki übermütig. „Im Übrigen kann ich gar nicht hier weg, wegen meiner Vierbeiner – und wegen Svante, der sich dann ja nur noch grämt..."

„Und da gibt es noch einen Grund.", zwinkerte Tyr.

Loki nickte schuldbewusst. „Dass ich Sigyn so nicht mehr unter die Augen treten kann – nachdem ich mein Herz dauerhaft verschenkt habe..."

„Ach weißt du... die große Liebe herrscht ja in Asgard in kaum einer Ehe – mit Ausnahme der von Njörd und Skadi vielleicht.", sprach Tyr. „Sigyn hat sich halbwegs damit abgefunden. Und Vernunftehen sind nicht das Schlechteste…"

„Sieh – hier habe ich vernünftige Aufgaben: Essen kochen, meine Kleinen füttern, Svante besuchen und aufheitern.", zählte Loki auf. „Das alles hab ich so wertzuschätzen gelernt. Fehlt mir das, komm ich im Nu wieder auf dumme Gedanken und werd euch zur Plage!"

Mit warmherzigem Lächeln klopfte ihm Tyr auf die Schulter. „Ich sehe, wie sehr du eine selbstkritische Betrachtung gelernt hast. Nun, es ist deine freie Entscheidung."

Damit erhob er sich. „Grüße bitte alle von mir.", trug ihm Loki noch auf. „Ihr braucht keine Sorge zu haben, dass ich dieses dumme Buch verlegen werde. War nur ein Spaß…"

Er brachte Tyr vor die Tür. „Dann gehab dich wohl!", verabschiedete sich jener. „Von Odin soll ich dir übrigens ausrichten, das mit der Zauberdecke war nicht ganz fair…"

Loki grinste. „Die hat mir Baba Jaga doch aufgedrängt. Ohne die hätte ich all meine Tierchen sowie die armseligen Häftlinge von Auschlitz nicht befreien können!"

„Das ist wahr.", winkte Tyr. „Es waren deine

Sternstunden. Und alles wird ja schließlich von den Nornen gelenkt..."

Verschluckt war er vom Nebel, der von der See her heran waberte. Nachdenklich zog sich Loki wieder in sein Häuschen zurück. Oft besuchte ihn Rosetta im Traum. Wie schön, dass sie sich wenigstens auf dieser Ebene begegnen konnten. Ihr Lachen ließ für den ganzen Tag die Sonne scheinen. Wenn er sie bei ihren Traumspaziergängen neckte, wusste sie ihm immer Paroli zu bieten.

„Wann ziehst du eigentlich mal wieder deinen Pink-Smoking an?", fragte sie irgendwann.

„Den zieh ich doch jedes Mal an, wenn ich auf Kap Arkona mit dem alten Svante speise.", entgegnete er. „Er erinnert mich immer an diese Bombastic mit der Monsterkatze. Wärst du dabei gewesen, hätte ich alles noch mehr genießen können. Wir hätten dann die Kabine für uns gehabt; ich hätte dich ins Kino, ins Casino und sogar in die Rollschuhdisco geführt..."

Rosetta streckte die Hand nach ihm aus. „Tatsächlich war ich immer in deiner Nähe. Ich hab dir so manches Mal ins Ohr gepustet!"

„Grüß meine Tochter Hel!", rief er ihr zu, bevor sie verblasste. „Rosetta – ich wäre so gerne sterblich wie ihr Menschen! Dann hätten wir uns irgendwann wieder!"

Eines Tages fand Loki vor seiner Tür doch tatsächlich seine Magenta Flip Flops! Dass es sich nicht etwa um eine billige Imitation handelte, wie zu Beginn seines Exils, fand er unschwer raus. Indem er nämlich einen riesigen Sprung rüber auf die Nachbarinsel Rügen machte, zum Kap Arkona.

Svante kriegte große Augen. „Na, kommst du heute mit Rückenwind?"

„Von wegen!", lachte Loki. „Da wären sie – die von mir entwickelten legendären Zauberschuhe! Jetzt fühl ich mich wieder vollständig…"

„Dann ist ja Baba Jagas Decke überflüssig.", meinte sein Freund. „Willst du sie mir abtreten, wenn du nach Asgard davon saust?"

„Ich sause da nicht hin. Es bleibt alles beim Alten. Und man hat das da oben akzeptiert."

„Dein Eheweib auch?"

Loki nickte. „Es ist ja nicht so, dass Sigyn mir nichts bedeutet. Sie bedeutet mir ebenso viel wie du oder Ove oder Poul…"

„Schon klar.", brummte Svante. „Mit den Schuhen und der Decke könnten wir jedenfalls ordentlich was anstellen. Wollen wir nicht mal wieder zusammen auf Reisen gehen?"

„Doch nicht wieder auf so nem maroden Koloss. Und was

sollten wir noch Neues erleben..."

„Wir könnten ja mal zum Dach der Welt reisen.", überlegte Svante.

„Ach, da haben sich schon die Vorfahren der Asen rumgetrieben und versucht, die Chinesische Mauer einzureißen.", murmelte Loki nur halbwegs interessiert.

„Mit deinen Schuhen könntest du diese Mauer mit Leichtigkeit überspringen!", grinste Svante.

„Ja, und dann? Wenn wenigstens hinter dieser Mauer... wenn da Rosetta warten würde..."

Svante seufzte. Es schien nicht besser, sondern eher schlimmer zu werden mit Lokis Liebesschmerz.

„Hoffentlich kommen Ove, Poul und Morten bald mal wieder zu Besuch. Das wäre eine gute Ablenkung..."

„Die klopfen doch auch immer dieselben Sprüche!", maulte Loki.

„Ich dachte, jetzt, wo du deine Zauberschuhe wieder hast, wäre deine Laune besser.", sprach sein Gefährte enttäuscht. „Wenn ich dir wenigstens helfen könnte in deinem Dilemma..."

Loki verriet dem Freund nicht, was er sich so sehnlich wünschte: Zu sterben wie ein gewöhnlicher Midgard-Bewohner. Und dann auf direktem Wege nach Helheim, in Rosettas Arme!   *

Es kam eine Zeit, wo die Midgardbewohner immer schrecklichere unheilbringende Waffen mit einer geradezu unvorstellbaren Zerstörungskraft entwickelten. Jedes Land wollte einem anderen an Aufrüstung überlegen sein. Diese Waffen wurden nun im Meer und auf dem Land getestet. Mit schlimmen Folgen für Mensch, Tier und Pflanzen in Midgard.

Wahrscheinlich daher hatte Loki eines Nachts einen fürchterlichen Alptraum:

Eine von Midgard abgeschossene enorm starke Rakete flog bis an Asgards Grenzen und durchtrennte ausgerechnet die mächtige Kette, die den Fenriswolf gebändigt hielt. Sein grauenhaftes Geheule ließ alles erzittern!

Sowie Loki dieses Heulen vernahm, war er schon in seine magic Flip Flops geschlüpft! Das war kein ordinäres Gewitter, sondern eine andere Dimension. Nur zu gut kannte er ja die Stimme des von ihm selbst gezüchteten Untiers! Wenn der Fenriswolf frei war – dann stand Ragnarök, der Weltuntergang, bevor!

Es blieb nicht einmal Zeit, den guten Svante zu warnen. In Riesensätzen eilte er zur Bifrostbrücke. Er musste seiner Sippe beistehen, bevor auch noch die Midgardschlange wild wurde! Schließlich war er nicht Dr. Frankenstein, der sich der Verantwortung hinsichtlich seiner Kreatur entzogen hatte...

In Riesensprüngen sprintete er über den weiten Bogen der schillernden Bifrostbrücke. Nie war sie ihm derart lang vorgekommen. In der Ferne leuchteten die Paläste von Asgard, und mit Entsetzen sah er den klaffenden Rachen des Fenriswolfes, der im Begriff war, das alles zu verschlingen. Wie winzig sich dagegen der Hammer Thors ausnahm, mit dem jener der Bestie Paroli zu bieten suchte.

Plötzlich barst vor ihm die Bifrostbrücke mit einem ohrenbetäubenden Krachen. Ein zweites Geschoss der Midgardbewohner war es, das sie soeben gesprengt hatte! In vollem Lauf suchte er das gewaltige Loch zu überspringen.

Doch gelang es ihm nicht. Es folgte ein Sturz ins Bodenlose. Gewaltige Kräfte rissen Loki in die Tiefe, wirbelten ihn umher wie ein Spielzeug. Die Finsternis, der er entgegen raste – war das des Wolfes Schlund?

Da fassten ihn zwei Hände, seinen Sturzflug bremsend. Es war nicht sein mächtiger Ziehvater Odin, auch nicht der starke Thor – es war Rosetta! Von ihren Händen gehalten schwebte er, auf einmal leicht wie eine Feder, in Regionen, die in einem hellen Blau leuchteten.

„Bitte lass mich nicht los!", bat er Rosetta, wie ein Kind seine Mutter anfleht, es nicht loszulassen. Immer wieder. „Lass mich nicht los, meine Liebe!" Und er fühlte den warmen Druck ihrer Hand...

Als er aus seinem langen derart dramatischen Traum wieder auftauchte, bemächtigte sich seiner schmerzliche Enttäuschung. Den ganzen Tag sah er sich außerstande, etwas Vernünftiges zu tun. Herumdümpelnd ergab er sich dem wohligen Gefühl, an Rosettas Händen durch lichte Gefilde zu schweben.

Da ein Traum meist eine wichtige Botschaft enthielt, ging er daran, die Traumerlebnisse Stück für Stück zu analysieren. Ragnarök war ausgebrochen – und er hatte hier alles stehen und liegen gelassen, um seiner Sippe in Asgard Beistand zu leisten. Dafür hatte er sich sogar selbst geopfert. Sein Opfer war belohnt worden, da er am Ende mit Rosetta vereint war...

„Ragnarök wird kommen – früher oder später. Ob durch die Midgardbewohner oder durch wen auch immer ausgelöst.", sprach er zu sich. Was sicher war – sein Platz musste dann bei seinesgleichen, also in Asgard sein! Er hatte nun mal jene Monster gezüchtet, die eine permanente Bedrohung darstellten für die Welt, und daher musste er zurück, um sie besser unter seiner Aufsicht zu haben – auch wenn er den Schicksalslauf wohl nicht würde ändern können.

Endlich war sein innerer Zwiespalt, der ihn lange gequält hatte, von ihm gewichen, und er sah sich imstande, eine klare Entscheidung zu treffen. Als sein quirliger Freund Mephistopheles hochbetagt gestorben war, sah er den Zeitpunkt für gekommen. Herzlich

252

nahm er Abschied von Svante.

„Leb wohl, du treuster aller meiner Weggefährten! Und verzeih, dass der Übermut mit mir so oft durchgegangen ist..."

Svante winkte ab. „Dank dir hat sich mein eintöniges Dasein etwas erhellt! Nun schwirr schon ab in dein Asgard – und benimm dich da oben!"

„Hatte ja genug Zeit, zu lernen, wie das geht!" Mit einem einzigen Sprung stand Loki bereits am Fuße der Bifrostbrücke. Ihren gewaltigen Bogen überquerend spazierte er gemessen in seine Heimat. Welch eigenartiges Gefühl, als ihn der versammelte Clan dort beinahe feierlich empfing! Nur Baldur hielt sich etwas im Hintergrund. Desgleichen zunächst Sigyn, seine Angetraute. Nun, das war verständlich, nachdem er ihre Gefühle dermaßen gekränkt hatte...

„Willkommen daheim!", begrüßte ihn Tyr ganz schlicht. Und seine Heimkehr wurde mit einem Umtrunk gefeiert, wo der beste Honigwein kredenzt wurde. Nach der Feier tat Loki erst mal eines: Persönlich vergewisserte er sich, ob der Fenriswolf noch fest angekettet war und die Midgardschlange sich ruhig verhielt.

Später lud er Sigyn zu einer Aussprache ein. Da sie über sein Verhältnis sowie seine Empfindungen zu Rosetta genau im Bilde war, konnte er sich lange Erklärungen sparen. Und er war froh, dass seine Gattin ihm deswegen keine Szene machte. Wenngleich ihr göttlicher Stolz durchaus daran zu knabbern hatte, dass ein sterbliches Wesen sein Herz erobert hatte...

„Nur die Nornen wissen, warum manches so oder nicht so passiert.", seufzte er. „Wenn du mir morgen sagst, dass da jemand ist, dem dein Herz zufliegt, nun... dann soll es so sein."

Seitdem erörterten sie diese Dinge nicht mehr und führten eine ruhige, freundschaftliche Ehe. Die wurde sogar vorbildlich in Asgard. Wirklich alle staunten, wie sehr sich das einstige enfant terrible gewandelt hatte...

„Da könnte sich sogar unser Chef Odin ne Scheibe von abschneiden.", schmunzelte Tyr.

Man ahnte ja das Geheimnis seiner Ausgeglichenheit und Zufriedenheit: Es hieß wahre Herzensliebe und war das Wertvollste, das er in seiner Verbannung in Midgard hatte lernen dürfen. Regelmäßig besuchte ihn Rosetta in seinen Träumen, wo sie durch wundersame Sphären schwebten, Hand in Hand.

Von der Autorin erschien ebenfalls:

Die Leuteschreck-Saga – Eine Wikingersatire über Ragnar Lodbrok und die Lodbrok-Söhne (2021)

Coverbild: Loki mit Baba Jagas Zauberdecke

Gestaltet nach einer Darstellung Lokis in einer isländischen Handschrift (18. Jh.); Autorin

256

i   Bei den skandinavischen Völkern die Dichter, welche ihre Werke vor Königen und Fürsten etc. vortrugen
ii Juno war die römische Göttin u.a. der Ehe und als Gattin Jupiters die Königin unter den Göttern; Hera und Frigg sind ihre griechische bzw. nordische Entsprechung
iii Hakon, Benno und Kjöld spielen als „Vorfahren" der Olsenbande Egon, Benny und Kjeld in der von mir verfassten „Leuteschreck-Saga" eine wichtige Rolle
iv Die Unterwelt
v   Ende Mai 2019 rammte das Kreuzfahrtschiff „Viking Sigyn" auf der Donau ein Touristenboot
vi Thraells waren bei den Skandinaviern gewöhnlich die Sklaven
vii Baba Jaga war in der slawischen Mythologie eine Märchengestalt ähnlich dem „Großmütterchen"; nach der Christianisierung wurde sie als Hexe dämonisiert
viii Niflheim entspricht der arktischen Eisregion
ix Svantevit war ein auf der Insel Rügen verehrter slawischer Gott mit vier Gesichtern, dessen Heiligtum am Kap Arkona im 12. Jh. von den Dänen zerstört wurde.
x   Jotunheim ist die eisige Heimat der den Asen feindlich gesinnten Riesen
xi Das Original heißt: „Kreuzberger Nächte sind lang!"
xii Das Brisingamen ist ein berühmter Halsschmuck der Göttin Freja (von Loki einstmals geklaut, dem Dieb dann aber wieder entrissen)
xiii Ein populäres deutsches Kinderlied unbekannter Herkunft aus dem 20. Jh.
xiv Major von Zitzewitz ist eine fiktive preußische Witzfigur